C H V

Primo Levi
Das Maß der Schönheit

Erzählungen

Carl Hanser Verlag

Die vorliegende Auswahl entstammt den Erzählungsbänden
Storie naturali (1966) und *Vizio di forma* (1971, 1987),
die im Verlag Einaudi in Turin erschienen sind.
Die ersten fünf Erzählungen wurden
von Heinz Riedt übertragen,
alle übrigen von Joachim Meinert.

5 4 3 2 1 01 00 99 98 97

ISBN 3-446-18939-4

Satz: Satz für Satz. Barbara Amann, Leutkirch
Druck und Bindung: Friedrich Pustet, Regensburg
Printed in Germany

Das Maß der Schönheit

Mnemagogien

DOKTOR MORANDI (aber er war es noch nicht gewohnt, Doktor genannt zu werden) hatte, als er dem Autobus entstieg, den Vorsatz gefaßt, wenigstens zwei Tage lang sein Inkognito zu wahren; doch recht bald schon mußte er erkennen, daß ihm dies nicht möglich sein würde. Zwar hatte die Wirtin im Café Alpino ihn mit völliger Teilnahmslosigkeit behandelt (offenbar mangelte es ihr an Neugierde oder an Scharfsinn); aber dem gleichermaßen ehrerbietigen, mütterlichen und leicht mokanten Lächeln der Tabakverkäuferin hatte er entnommen, daß er hinfort der »neue Doktor« war, ohne die geringste Aussicht auf einen Aufschub. »Mir muß der Doktor wahrhaftig im Gesicht geschrieben stehen: *›tu es medicus in aeternum‹*«, dachte er, »und, was noch schlimmer ist, alle werden es bemerken.« Morandi fand keinen Geschmack am Unwiderruflichen und war, wenigstens für den Augenblick, geneigt, die ganze Angelegenheit nur als eine große und immerwährende Belästigung zu empfinden. »Ähnlich wie das Trauma der Geburt«, dachte er abschließend und nicht allzu folgerichtig.

... Indessen bedingte das verlorene Inkognito, daß er nun unverweilt Montesanto aufsuchen mußte. Er kehrte ins Café zurück, um sein Empfehlungsschreiben aus dem Koffer zu holen, dann lief er unter der unbarmherzigen Sonne kreuz und quer durchs Dorf und suchte das Namensschild.

Er fand es nur mit größter Mühe, nachdem er viele Male unnötig im Kreis gegangen war; er hatte niemanden nach dem Weg fragen wollen, denn auf den Gesichtern der wenigen Leute, denen er begegnet war, hatte er nicht eben wohlwollende Neugier zu lesen geglaubt.

Er war zwar auf ein altes Namensschild gefaßt gewesen, doch in Wirklichkeit war es dann über alle Erwartungen alt, mit Grünspan überzogen, der Name schier unleserlich. Sämtliche Fensterläden des Hauses waren geschlossen, die niedere Vorderfront abgeblättert und verblichen. Als er sich näherte, huschten Eidechsen eilig und lautlos davon.

Montesanto kam selbst herunter, ihm zu öffnen. Ein alter, hochgewachsener, beleibter Mann mit kurzsichtigen und doch lebhaften Augen in einem Gesicht, dessen Züge müde und schwer waren; seine Bewegungen hatten die leise, massige Sicherheit eines Bären. Er erschien hemdsärmelig, ohne Kragen; das Hemd war zerknittert und von zweifelhafter Sauberkeit.

Im Treppenhaus und dann oben im Arbeitszimmer war es kühl und fast dunkel. Montesanto setzte sich und lud Morandi ein, auf einem höchst unbequemen Stuhl Platz zu nehmen. »Zweiundzwanzig Jahre lang hier drinnen«, dachte er und schauderte innerlich, während der andere ohne jede Eile das Empfehlungsschreiben las. Er schaute sich um, seine Augen gewöhnten sich an das Halbdunkel.

Auf dem Schreibtisch lagen, zu einem eindrucksvollen Stapel getürmt, vergilbte Briefe, Zeitschriften, Rezepte und andere, inzwischen unkenntlich gewordene Papiere. Von der Decke hing ein langer Spinnenfaden, sichtbar durch den Staub, der daran haftete, und schaukelte sanft im unmerklichen Lufthauch des Mittags. Ein Glasschrank mit wenigen altmodischen Instrumenten und ein paar Fläschchen, deren Inhalt im Glas vertrocknet war und den Stand anzeigte, den er allzu lange innegehabt hatte. An der Wand, sonderbar vertraut, eine große Fotografie der »Doktoranden des Jahrgangs 1911«, die er wohl kannte: Da sah man die kantige Stirn und das ausgeprägte Kinn seines Vaters, Morandi senior; und gleich daneben (ach, wie schwer wiederzuerkennen) Ignazio Montesanto, schlank, elegant, erschreckend jung, mit dem

Ausdruck eines Helden und Märtyrers für seine Ideen, wie dies seinerzeit bei den Doktoranden Mode war.

Als Montesanto den Brief gelesen hatte, legte er ihn auf den Schreibtisch, auf den Haufen von Papieren, dem er sich völlig anpaßte.

»Gut«, sagte er dann. »Ich bin sehr froh, daß das Schicksal, das Glück ...«, und der Satz verlor sich in undeutlichem Gemurmel, dem ein langes Schweigen folgte. Der Alte lehnte sich mit dem Stuhl zurück, so daß dieser nur noch auf den Hinterbeinen stand, und starrte zur Decke. Morandi beschloß zu warten, bis Montesanto den Satz wiederaufnehmen würde; schon begann das Schweigen auf ihm zu lasten, als Montesanto unvermutet wieder zu sprechen anfing.

Er sprach lange, zunächst mit vielen Pausen, dann immer schneller; sein Gesicht belebte sich allmählich, die Augen glänzten beweglich und lebendig in dem verfallenen Gesicht. Zu seiner eigenen Überraschung bemerkte Morandi, wie ihn eine ausgesprochene Sympathie für den Alten ergriff, die sich stetig steigerte. Ganz augenscheinlich handelte es sich um ein Selbstgespräch, um eine große Freiheit, die Montesanto sich da gestattete. Für ihn mußte die Gelegenheit zu sprechen (und man merkte, daß er zu sprechen verstand, daß er die Bedeutung des Wortes kannte) selten geworden sein, kurze Rückkehr zu alter Geisteskraft, die vielleicht schon verloren war.

Montesanto erzählte; vom grausamen Berufsbeginn auf den Schlachtfeldern und in den Schützengräben des vorigen Krieges; von seinem Versuch, die Universitätslaufbahn zu ergreifen, den er mit Begeisterung unternommen, mit Apathie fortgeführt und dann aufgegeben hatte angesichts der Gleichgültigkeit der Kollegen, die seine ganze Initiative zunichte gemacht hatte; von seinem freiwilligen Exil in dieser Praxis, in einer gottverlassenen Gegend, auf der Suche nach etwas, was zu schwer zu definieren war, um jemals gefunden zu werden; dann sein jetziges Einsiedlerleben als Fremder inmitten der Gemeinschaft kleiner Leute, oberflächlicher Menschen, guter und schlechter, doch ihm so unsagbar fern; das endgültige Überhandnehmen der Vergangenheit im Vergleich zur Gegenwart und schließlich das Versiegen jeder Leidenschaft außer seinem Glauben an die Würde des Denkens und an die Überlegenheit geistiger Belange.

»Ein sonderbarer Alter«, dachte Morandi; ihm war aufgefallen, daß Montesanto schon fast eine Stunde lang geredet hatte, ohne ihm ins Gesicht zu sehen. Anfangs hatte er wiederholt versucht, ihn auf den Boden der Tatsachen zu bringen, ihn über die sanitären Bedingungen der Praxis, die Einrichtung, die erneuert werden mußte, den Arzneimittelschrank und schließlich über seine private Unterkunft zu befragen; doch war ihm dies aufgrund seiner Schüchternheit nicht gelungen, wozu dann noch, weniger unbewußt, eine gewisse Zurückhaltung kam.

Montesanto schwieg jetzt, das Gesicht zur Decke gewandt, den Blick ins Unendliche gerichtet. Offenbar dauerte das Selbstgespräch in seinem Innern noch an. Morandi war in einer peinlichen Lage: Er fragte sich, ob eine Ewiderung von ihm erwartet wurde und wenn, welche und ob dem Arzt überhaupt noch bewußt war, daß er in seinem Sprechzimmer nicht allein war.

Es war ihm bewußt. Mit einem Ruck ließ er den Stuhl wieder auf seine vier Beine zurückfallen und sagte mit eigenartig gezwungener Stimme: »Morandi, Sie sind jung, sehr jung. Ich weiß, daß Sie ein guter Arzt sind beziehungsweise sein werden; ich denke, daß Sie auch ein guter Mensch sind. Und sollten Sie nicht gut genug sein, zu verstehen, was ich Ihnen gesagt habe und was ich Ihnen jetzt noch sagen werde, so hoffe ich doch, daß Sie gut genug sind, nicht darüber zu lachen. Aber sollten Sie darüber lachen, so wäre es auch nicht so schlimm; wie Sie wissen, werden wir uns kaum noch einmal begegnen; im übrigen ist es der Lauf der Dinge, daß die Jungen über die Alten lachen. Nur bitte ich Sie, nicht zu vergessen, daß Sie der erste sein werden, der von diesen meinen Angelegenheiten erfährt. Ich will Ihnen nicht schmeicheln, indem ich Ihnen sage, daß Sie mir dieses Vertrauens besonders würdig erschienen wären. Ich will ehrlich sein: Sie sind die erste Gelegenheit, die sich mir seit Jahren bietet, und wahrscheinlich auch die letzte.«

»Sprechen Sie«, erwiderte Morandi schlicht.

»Morandi, ist Ihnen noch nie aufgefallen, mit welcher Eindringlichkeit bestimmte Gerüche bestimmte Erinnerungen wecken?«

Das war eine unvorhergesehene Wendung. Morandi schluckte krampfhaft, dann antwortete er, es sei ihm wohl aufgefallen und er habe auch den Versuch einer theoretischen Auslegung dafür.

Er konnte sich diesen Wechsel des Gesprächsthemas nicht erklären. Und er kam zu dem Schluß, daß es sich wohl nur um einen Tick handeln könnte, wie alle Ärzte ihn in einem bestimmten Alter bekommen. Andriani zum Beispiel hatte sich mit fünfundsechzig Jahren und gesegnet an Ruhm, Geld und Patienten noch mit der Geschichte des Nervenfeldes lächerlich gemacht.

Montesanto hielt mit beiden Händen die Schreibtischkanten umfaßt und sah mit gerunzelter Stirn ins Leere. Dann sprach er weiter: »Ich werde Ihnen etwas Ungewöhnliches zeigen. Während meiner pharmakologischen Assistenz beschäftigte ich mich ziemlich eingehend mit der Wirkung der nasal absorbierten Adrenaline. Ich habe für die Menschheit keinen Nutzen daraus ziehen können und bin nur zu einem einzigen und, wie Sie sehen werden, eher indirekten Ergebnis gelangt.

Dem Problem der Geruchsempfindungen und ihrer Beziehung zur Molekularstruktur habe ich auch in der Folge noch viel Zeit gewidmet. Meiner Ansicht nach handelt es sich dabei um ein recht ergiebiges Feld, das auch Forschern offensteht, die nur über bescheidene Mittel verfügen. Ich habe erst vor kurzem mit Genugtuung gesehen, daß einige sich damit beschäftigen, und auch über die heutigen elektronischen Theorien bin ich auf dem laufenden, doch der einzige Aspekt des Problems, der mich nunmehr interessiert, ist ein ganz anderer. Ich besitze etwas, was, wie ich glaube, außer mir kein Mensch auf der Welt besitzt.

Es gibt Menschen, die sich nicht um die Vergangenheit kümmern und die Toten ihre Toten begraben lassen. Aber es gibt auch welche, die sich brennend für die Vergangenheit interessieren und die darüber betrübt sind, daß sie immer mehr verblaßt. Schließlich gibt es welche, die fleißig Tagebuch führen, Tag für Tag, damit alle Begebenheiten der Vergessenheit entrissen werden, und solche, die materialisierte Erinnerungen in ihrem Haus aufbewahren und mit sich herumtragen: eine Widmung in einem Buch, eine getrocknete Blume, eine Haarsträhne, Fotografien, alte Briefe.

Ich kann von Natur aus nur mit Schaudern an die Möglichkeit denken, daß auch nur eine einzige meiner Erinnerungen ausgelöscht werden könnte, darum habe ich alle diese Methoden ausprobiert, aber auch eine ganz neue entwickelt. Nein, es handelt sich nicht um eine wissenschaftliche Entdeckung: Ich habe nur Nutzen aus meiner pharmakologischen Erfahrung gezogen und habe exakt und in haltbarer Form eine Anzahl von Empfindungen nachgeschaffen, die für mich von Bedeutung sind. Ich nenne sie (und ich wiederhole: denken Sie nicht, daß ich oft darüber spräche) Mnemagogien, ›Gedächtnisleiter‹. Wollen Sie mir folgen?«

Er erhob sich und durchschritt die Diele. Auf halbem Weg wandte er sich um und fügte hinzu: »Wie Sie sich gewiß denken können, müssen sie sparsam verwendet werden, damit ihre Evokationskraft nicht nachläßt; im übrigen brauche ich Ihnen nicht zu sagen, daß sie rein persönlicher Natur sind. Ausschließlich. Man könnte sogar behaupten, daß sie meine Person *sind*, da ich, wenigstens zum Teil, aus ihnen bestehe.«

Er öffnete einen Schrank. Darin erkannte man etwa fünfzig numerierte Fläschchen mit geschliffenen Glaspfropfen.

»Bitte, nehmen Sie eins davon heraus!«

Morandi sah ihn erstaunt an; zögernd streckte er die Hand aus und ergriff eins der Fläschchen.

»Öffnen Sie und riechen Sie daran. Was riechen Sie?«

Morandi zog den Geruch mehrere Male tief ein, die Augen erst auf Montesanto gerichtet, dann hob er den Kopf wie jemand, der sich an etwas ganz Bestimmtes zu erinnern sucht. »Es könnte Kasernengeruch sein.«

Montesanto roch ebenfalls daran. »Nicht ganz«, erwiderte er, »oder zumindest nicht für mich. Es ist der Geruch von Volksschulklassen, genauer gesagt, *meiner* Klasse in *meiner* Schule. Ich will mich nicht über seine Zusammensetzung verbreiten; er enthält flüchtige Fettsäuren und ein ungesättigtes Keton. Ich begreife, daß er für Sie nichts bedeutet; für mich ist er die Kindheit.

Ich besitze auch noch die Fotografie meiner siebenunddreißig Klassenkameraden aus der ersten Volksschulklasse, aber der Geruch dieses Fläschchens ruft mir unvergleichlich schneller und intensiver die nicht enden wollenden öden Stunden über dem Abc ins Gedächtnis zurück; die besondere Gemütsverfassung von Kindern (die meine, als ich noch Kind war!) in der angstvollen Erwartung des ersten Diktats. Wenn ich daran rieche (nicht jetzt: ein gewisses Maß von Konzentration ist natürlich erforderlich), wenn ich also daran rieche, bekomme ich ebenso Bauchweh wie als Siebenjähriger in der Erwartung, abgefragt zu werden. Wollen Sie sich noch ein anderes aussuchen?«

»Ich glaube, ich erinnere mich ... warten Sie ... Im Landhaus meines Großvaters gab es eine kleine Kammer, wo man das Obst zum Reifen ausbreitete ...«

»Bravo!« sagte Montesanto mit ehrlicher Befriedigung. »Genau, wie es in den Lehrbüchern steht. Ich freue mich, daß Sie auf einen berufsbedingten Geruch gestoßen sind; es ist der Atemgeruch eines Diabetikers im Zustand der Azotämie. Nach einigen Jahren Praxis wären Sie bestimmt selbst darauf gekommen. Sie wissen ja, ein klinisch bedenkliches Zeichen, Vorspiel zum Koma. Mein Vater starb an Diabetes, vor fünfzehn Jahren; es war kein rascher und kein gnädiger Tod. Mein Vater bedeutete mir sehr viel. Unzählige Nächte habe ich bei ihm gewacht, habe machtlos den fortschreitenden Zerfall seiner Persönlichkeit mit ansehen müssen; es waren keine nutzlosen Nachtwachen. Viele Überzeugungen sind mir dabei ins Wanken gekommen, vieles hat sich an meiner Welt geändert. Für mich geht es also weder um Äpfel noch um Diabetes, sondern um einen feierlichen und läuternden Prozeß, der einmalig ist im Leben, um eine religiöse Krise.«

»... Das ist nichts weiter als Phenol!« rief Morandi, während er an einem dritten Fläschchen roch.

»In der Tat. Ich dachte mir, daß dieser Geruch auch für Sie etwas bedeuten würde; aber freilich, Sie haben Ihr Krankenhauspraktikum erst vor einem knappen Jahr beendet, die Erinnerung ist noch nicht gereift. Sie werden es doch bemerkt haben, nicht wahr: Der uns interessierende Evokationsmechanismus hat zur Voraussetzung, daß die mit einem Milieu oder einer Gemütsverfassung verbundenen Reize, nachdem sie wiederholt in Aktion getreten sind, dies für eine verhältnismäßig lange Zeit nicht mehr tun. Im übrigen entspricht es nur der allgemeinen Erfahrung, daß Erinnerungen den Hauch des Alten an sich haben müssen, um suggestiv zu sein.

Auch ich habe mein Krankenhauspraktikum gemacht

und Phenol in vollen Zügen geatmet. Aber das war vor einem Vierteljahrhundert, und im übrigen ist Phenol heutzutage nicht mehr das wichtigste Antiseptikum. Zu meiner Zeit aber war es dies noch, und deshalb kann ich es nicht einatmen (nicht das chemisch reine, sondern dieses hier, dem ich Spuren anderer Substanzen beigefügt habe, die ihm erst eine Beziehung zu meinem Leben geben), ohne daß ein komplexes Bild in mir entsteht, zu dem ein damals sehr populäres Lied gehört, mein jugendlicher Enthusiasmus für Blaise Pascal, eine gewisse Mattigkeit im Kreuz und in den Knien sowie eine Studienkollegin, die, wie ich hörte, vor kurzem Großmutter geworden ist.«

Diesmal hatte er selbst ein Fläschchen ausgesucht; er reichte es Morandi: »Ich gestehe Ihnen, daß ich auf dieses Präparat immer noch besonders stolz bin. Obwohl ich die Resultate nie veröffentlicht habe, halte ich es für einen wahren wissenschaftlichen Erfolg. Ich würde gern Ihre Meinung darüber hören.«

Morandi roch mit aller Sorgfalt daran. Gewiß, es war kein neuer Geruch für ihn: Man hätte ihn als verbrannt, trocken, warm bezeichnen können …

»… Wie wenn man zwei Feuersteine aneinanderreibt …?«

»Ja, auch. Ich beglückwünsche Sie zu Ihrem Geruchssinn. Man nimmt diesen Geruch im Hochgebirge wahr, wenn sich der Fels in der Sonne erwärmt; insbesondere, wenn sich ein Steinschlag einstellt. Ich kann Ihnen versichern, daß es nicht leicht gewesen ist, die Substanzen, aus denen er sich zusammensetzt, im Glas zu reproduzieren und beständig zu machen, ohne seine wahrnehmbaren Eigenschaften zu verändern.

Früher bin ich oft in die Berge gegangen, vornehmlich allein. War ich auf dem Gipfel angelangt, legte ich mich in die Sonne, in der unbewegten und stillen Luft, und dann hatte ich das Gefühl, ein Ziel erreicht zu haben. In diesen Augenblicken und nur, wenn ich darauf achtete, nahm ich diesen leichten Geruch wahr, den man schwerlich anderswo spüren kann. Was mich betrifft, müßte ich ihn den Geruch des erreichten Friedens nennen.«

Nachdem Morandi sein anfängliches Unbehagen überwunden hatte, begann ihn das Spiel zu interessieren. Er öffnete auf gut Glück ein fünftes Fläschchen und reichte es Montesanto: »Und dieses hier?«

Es strömte einen leichten Duft nach sauberer Haut, Puder und Sommer aus. Montesanto roch daran, stellte dann das Fläschchen zurück und sagte kurz: »Dies ist kein Ort und keine Zeit. Es ist eine Person.«

Er schloß den Schrank wieder ab; sein Ton duldete keinen Widerspruch. Morandi legte sich ein paar Worte des Interesses und der Bewunderung zurecht, doch gelang es ihm nicht, einen sonderbaren inneren Widerstand zu überwinden, und so verzichtete er darauf, sie auszusprechen. Er verabschiedete sich hastig und mit dem unbestimmten Versprechen auf einen weiteren Besuch und stürzte die Treppe hinunter und hinaus in die Sonne. Er spürte, daß er über und über rot geworden war.

Fünf Minuten später befand er sich mitten unter den Tannen, stieg ungestüm den steilsten Hang hinauf, stapfte über den weichen Waldboden, ohne Weg und Steg. Es war so angenehm zu spüren, wie Muskeln, Lungen und Herz arbeiteten, ganz natürlich und ohne sein Dazutun. Es war so schön, vierundzwanzig Jahre alt zu sein.

Er beschleunigte das Tempo des Aufstiegs, so gut er konnte, bis er sein Blut heftig in den Ohren klopfen hörte. Dann streckte er sich im Gras aus, mit geschlossenen Augen, um das rote Leuchten der Sonne durch die Lider zu spüren. Und er fühlte sich wie neugeboren.

Das also war Montesanto ... Nein, er brauchte nicht zu

fliehen, er würde nie so werden, er würde es nicht zulassen. Und er würde mit keinem Menschen darüber sprechen. Nicht einmal mit Lucia, nicht einmal mit Giovanni. Das wäre nicht fair.

Obwohl, genaugenommen … einzig und allein mit Giovanni … und absolut theoretisch … Gab es denn überhaupt etwas, worüber man mit Giovanni nicht sprechen konnte? Doch, er würde Giovanni davon schreiben. Morgen. Oder (er sah auf die Uhr) sofort; dann würde der Brief vielleicht noch mit der Abendpost weggehen. Sofort.

Zensur in Bitinien

Schon andernorts habe ich auf das farblose kulturelle Leben in diesem Land hingewiesen, das immer noch auf den Grundlagen des Mäzenatentums aufgebaut und dem Interesse wohlhabender Personen oder auch Gewerbetreibender und Künstler, Spezialisten und Techniker anvertraut ist, die alle relativ gut bezahlt werden.

Besonders bemerkenswert ist die Lösung, die für das Zensurproblem vorgeschlagen wurde, besser gesagt, die sich spontan aufgedrängt hat. Gegen Ende des vorigen Jahrzehnts erfuhr der Zensur-»Soll« in Bitinien aus verschiedenen Gründen einen stürmischen Aufschwung; innerhalb weniger Jahre mußten die bestehenden zentralen Büros ihren Bestand verdoppeln und daher Außenstellen in allen oder fast allen Provinzhauptstädten einrichten. Doch bei der Einstellung des erforderlichen Personals begegnete man zunehmenden Schwierigkeiten: zunächst, weil die Tätigkeit eines Zensors bekanntermaßen schwierig und heikel ist und folglich eine besondere Vorbildung verlangt, die oft auch denjenigen abgeht, die auf anderen Gebieten hochqualifiziert sind; und außerdem, weil die Ausübung der Zensur, wie neuere Statistiken beweisen, nicht ohne Gefahr ist.

Das soll keinesfalls eine Anspielung auf das Risiko unmittelbarer Repressalien sein, das von der bitinischen Polizei auf ein Minimum beschränkt wurde. Nein, es geht um anderes: Genaue Studien, die man auf arbeitsmedizinischem Gebiet anstellte, haben eine spezifische Art beruflicher Deformation zutage gefördert, die recht unangenehm ist und offenbar nicht mehr rückgängig gemacht werden kann und die von ihrem Entdecker »paroxysmale Dysthymie« oder

»Goweliussche Krankheit« genannt wurde. Sie äußert sich in einem zunächst wenig präzisen und schwer definierbaren klinischen Bild, sodann, im Lauf der Jahre, in verschiedenen Störungen des Sensoriums (Doppelsehen, Geruchs- und Gehörstörungen, übermäßiges Reaktiv zum Beispiel auf bestimmte Farben und Geschmäcke) und läuft schließlich, nach Besserungsperioden und Rückfällen, auf schwere psychische Anomalien und Perversionen hinaus.

Demzufolge hatte sich die Zahl der Kandidaten bei den staatlichen Ausschreibungen trotz der gebotenen ansehnlichen Gehälter rapide verringert, und entsprechend war der Arbeitsanfall des beamteten Personals gestiegen, bis er unwahrscheinliche Ausmaße erreichte. Die unerledigten Akten (Drehbücher, Partituren, Manuskripte, Werke der darstellenden Kunst, Plakatentwürfe) häuften sich in den Zensurstellen so sehr, daß sie nicht nur die eigens errichteten Notarchive buchstäblich verstopften, sondern sogar Eingangshallen, Korridore und hygienischen Bedürfnissen dienende Räumlichkeiten. So wurde der Fall eines Abteilungsleiters bekannt, der bei einem Einsturz begraben wurde und erstickte, ehe man zu Hilfe kommen konnte.

Zunächst suchte man diesem Übel mit Hilfe der Mechanisierung beizukommen. Jedes Amt erhielt eine moderne elektronische Einrichtung. Da ich kein Fachmann bin, kann ich deren Funktionsweise nicht exakt wiedergeben, doch wurde mir gesagt, daß ihr magnetisches Gedächtnis drei getrennte Wortreihen gespeichert hatte, nämlich *hints, plots* und *topics* sowie die darauf zugeschnittenen Bedeutungsschablonen. Fand sich ein Wort der ersten Reihe, wurde es automatisch aus dem in Prüfung befindlichen Werk ausgemerzt, eines der zweiten Reihe bewirkte die Ablehnung des gesamten Werkes, eines der dritten Reihe die unverzügliche Verhaftung und Hinrichtung des Autors und des Verlegers durch den Strang.

Was die Menge der erledigten Arbeitsrückstände betraf, so waren die Resultate vortrefflich (binnen weniger Tage wurden die Räumlichkeiten der Ämter geleert), doch in qualitativer Hinsicht waren sie zu beanstanden. Es gab Fälle skandalösen Versagens: Das *Tagebuch einer Grasmücke* von Claire Efrem »ging durch«, wurde veröffentlicht und mit riesigem Erfolg verkauft, ein Werk von zweifelhaftem literarischen Wert und offenkundig unmoralisch, dessen Verfasserin mit ganz simplen und durchsichtigen Kunstgriffen, mit Anspielungen und Umschreibungen alle jene Stellen kaschiert hatte, die der zur Zeit gültigen Moral widersprachen. Demgegenüber gab es den traurigen Fall Tuttle: Admiral Tuttle, berühmter Militärkritiker und -historiker, mußte an den Galgen, weil in seinem Werk über die Seeschlacht im Schwarzen Meer das Wort »Meerbusen« wegen eines bedauerlichen Druckfehlers als »mehr Busen« erschienen war, worin die mechanisierte Zensurbehörde von Issarvan eine obszöne Anspielung erkannt hatte. Demselben tragischen Geschick entging der Autor eines bescheidenen Lehrbuchs über Tierzucht nur wie durch ein Wunder; er flüchtete ins Ausland und konnte sich an den Staatsrat wenden, ehe das Urteil rechtskräftig wurde.

Zu diesen drei Fällen, die an die Öffentlichkeit gelangten, muß man unzählige andere hinzufügen, die zwar von Mund zu Mund gingen, jedoch offiziell ignoriert wurden, da ihre Veröffentlichung (selbstverständlich) ebenfalls der Schere des Zensors zum Opfer fiel. Daraus ergab sich eine kritische Situation, eine fast totale Resignation aller kulturellen Kräfte des Landes; eine Situation, die trotz einiger schüchterner Ansätze immer noch andauert.

In den letzten Wochen wurde allerdings eine Nachricht publik, die Anlaß zu einiger Hoffnung bietet. Ein Physiologe, dessen Name geheimgehalten wird, hat als Ergebnis einer von ihm auf breiter Grundlage angestellten Versuchsreihe in einem vieldiskutierten Bericht einige neue Aspekte in der Psychologie der Haustiere aufgeführt. Wenn diese einer vorbereitenden Spezialbehandlung unterzogen werden, sollen sie in der Lage sein, nicht nur leichtere Transport- und Aufräumungsarbeiten auszuführen, sondern auch eine regelrechte Auswahl zu treffen.

Zweifellos handelt es sich hier um ein sehr weites, faszinierendes Gebiet mit praktisch unbegrenzten Möglichkeiten: Wenn man sich an das hält, was bis zu dem Augenblick, da ich dies niederschreibe, in der bitinischen Presse erschienen ist, geht es im wesentlichen darum, daß die Zensurarbeit, die dem menschlichen Hirn schädlich ist und von den Maschinen zu starr gehandhabt wird, von dementsprechend abgerichteten Tieren nutzbringend verrichtet werden könnte. Beim genauen Hinsehen enthält die verblüffende Nachricht an sich nichts Absurdes, handelt es sich ja letzten Endes nur um eine Auswahl.

Eigenartig dabei ist, daß die dem Menschen näherstehenden Säugetiere für diese Aufgabe als weniger geeignet befunden wurden. Hunde, Affen und Pferde, die der Vorbehandlung unterzogen worden waren, sollen sich als schlechte Richter erwiesen haben, eben weil sie zu intelligent und sensibel sind: Sie verhalten sich, dem anonymen Gelehrten zufolge, zu emotional; sie reagieren in kaum voraussehbarer Weise auf die geringsten äußeren Reize, die schließlich in jedem Arbeitsmilieu unvermeidlich sind; sie zeigen eine eigenartige, vielleicht angeborene und bis heute jedenfalls unerklärliche Vorliebe für gewisse geistige Kategorien; sogar ihr Gedächtnis ist unkontrollierbar und übersteigert; kurz und gut, unter diesen Bedingungen entwickeln sie einen *esprit de finesse*, der für Zensurzwecke zweifellos von Schaden wäre.

Überraschende Ergebnisse erzielte man demgegenüber beim gewöhnlichen Haushuhn, so daß, wie allgemein bekannt ist, vier Versuchsbüros bereits Hühnerbelegschaften anvertraut wurden, selbstverständlich kontrolliert und überwacht von bewährten und erfahrenen Funktionären. Die Hühner, die im übrigen leicht zu beschaffen sind und nur mäßige Kosten verursachen, sowohl was die anfängliche Investition als auch die Wartung betrifft, können eine rasche und sichere Auswahl vornehmen, befolgen peinlich genau die ihnen aufgetragenen Gedankenschemata und sind wegen ihres kühlen und ruhigen Wesens sowie aufgrund ihres flüchtigen Gedächtnisses nicht störungsanfällig.

In einschlägigen Kreisen ist die Meinung allgemein verbreitet, daß diese Methode binnen weniger Jahre auf alle Zensurämter des Landes ausgedehnt werden kann.

zensiert:

Cladonia rapida

Die jüngst erfolgte Entdeckung eines spezifischen Automobil-Parasiten dürfte, strenggenommen, niemanden wundernehmen. Wer auch immer die extreme Anpassungsfähigkeit allen Lebens auf unserm Planeten in Betracht zieht, dem muß die Existenz von hochspezialisierten Lichenes, deren einziges und zwangsläufiges Substrat aus den inneren und äußeren Bestandteilen der Kraftfahrzeuge besteht, nur natürlich erscheinen. Der Vergleich mit anderen, wohlbekannten Parasiten drängt sich auf, deren Vorkommen für die menschliche Behausung, für Kleidung oder Schiffe typisch ist.

Ihre Entdeckung, besser gesagt, ihr erstes Auftreten (denn es ist undenkbar, daß Lichenes unbemerkt zu existieren vermocht hätten) läßt sich mit ziemlicher Sicherheit auf die Jahre 1947/48 zurückführen. Wahrscheinlich ist dieses Phänomen in Verbindung zu bringen mit der Anwendung von Glyphthallacken anstelle der zuvor verwendeten Nitrolacke für den letzten Überzug der Karosserien; es ist ja kein Zufall, daß diese fälschlich als »synthetisch« bezeichneten Lacke Fettradikale und einen Glyzerolrückstand enthalten. Die Kraftwagenlichenes (*Cladonia rapida*) unterscheiden sich besonders durch die extreme Schnelligkeit in Wachstum und Vermehrung von allen anderen Flechten. Während bei den wohlbekannten Krustenflechten die Wuchsgeschwindigkeit selten einen Millimeter pro Jahr übersteigt, produzieren die *Cladonia rapida* ihre charakteristischen Flecken mit einem Durchmesser von etlichen Zentimetern bereits innerhalb weniger Monate, und zwar besonders auf Kraftfahrzeugen, die lange Zeit dem Regen ausgesetzt sowie in feuchten und schwachbeleuchteten Räumen untergestellt sind. Die Flecken sind graubraun, gekerbt und ein bis drei Millimeter stark, in ihrer Mitte ist der ursprüngliche Infektionsherd stets gut erkennbar. Nur selten treten sie vereinzelt auf: Wenn man nicht drastische Bekämpfungsmaßnahmen gegen sie ergreift, überziehen sie binnen weniger Wochen die ganze Karosserie mittels einer Samenstreuung, die bis heute noch nicht recht erforscht ist. Immerhin wurde festgestellt, daß die Infektion auf den vorwiegend waagerechten Oberflächenteilen (wie Dach, Motorhaube, Kotflügel), wo die rundlichen Flecken in eigenartig regelmäßiger Anordnung auftreten, besonders intensiv und florid ist. Das läßt an einen Projektionsvorgang der Sporen denken, deren Ansiedlung durch die horizontale Lage des Untergrundes begünstigt würde.

Die Infektion beschränkt sich jedoch nicht allein auf die lackierten Teile. Hin und wieder findet man (übrigens untypische) Flecken auch an weniger exponierten Teilen, so am Fahrgestell, im Innern des Kofferraumes, auf dem Boden und auf den Sitzen. Haben die Lichenes bestimmte Innenteile erreicht, bemerkt man nicht selten mannigfache Störungen in der Fahrweise und im allgemeinen Funktionieren des Kraftfahrzeugs: frühzeitiger Verschleiß der Stoßdämpfer (Beobachtung von R. J. Coney, Kraftfahrzeugbesitzer in Baltimore), Verstopfung der Bremsleitung (diverse Werkstätten in Frankreich und Österreich), akuter und gleichzeitiger Kolbenfraß in den vier Zylindern (Voglino, Garagenbesitzer in Turin), außerdem Startschwierigkeiten, ruckartiges Bremsen, mangelnde Beschleunigung, zuviel Spiel in der Lenkung und weitere Anomalitäten, die von oberflächlichen Mechanikern oft auf andere Ursachen zurückgeführt und demzufolge mit katastrophalen Resultaten behandelt werden. In einem – bis jetzt einzigartigen, doch besorgniserregenden – Fall wurde sogar ein Autobesitzer betroffen, der sich wegen einer verbreiteten und hartnäckigen *Cladonia*-Infektion auf Handrücken und Unterleib in ärztliche Behandlung begeben mußte.

Aufgrund von Beobachtungen in verschiedenen Garagen und auf Parkplätzen im Freien kann mit Recht angenommen werden, daß die Ausbreitung der Flechten vorwiegend *de proche en proche* erfolgt und durch die extreme Überbelegung der Parkplätze begünstigt wird. Daß Kraftfahrzeuge auf Entfernung durch Wind oder menschliche »Überträger« infiziert wurden, ist nicht mit Sicherheit nachzuweisen und scheint immerhin ein recht seltener Fall zu sein.

Anläßlich des letzten Autosalons in Tanger wurde über das Problem der Immunität diskutiert (Referat Al Maqrizi), das, wie sich erweisen sollte, reich war an unvorhergesehenen und erregenden Kombinationen. Nach Ansicht des Referenten kann kein einziger Wagen als schlechthin immun gelten: Immerhin gibt es, was die Infektionsmöglichkeit dieser Lichenes betrifft, zwei verschiedene Anfälligkeitstypen, die eine klar zu unterscheidende Symptomatik aufweisen, nämlich rundliche, ins Dunkelgrau tendierende und zäh anhaftende Flecken im Fall der männlichen Autos; und in Richtung des Fahrwerks länglich verlaufende braune (bis ins helle Haselnußbraun) sowie schwach haftende Flecken, die einen ausgesprochenen Moschusgeruch aufweisen, im Fall des weiblichen Autos.

Damit verweisen wir auf jene rudimentäre Geschlechtsunterscheidung, die zwar schon seit Jahrzehnten bekannt, der Aufmerksamkeit der offiziellen Wissenschaft jedoch entgangen ist und der zufolge man in Kreisen der *General Motors* allgemein von *»he-cars«* und *»she-cars«* spricht und sich in Turin gegen jede scheinbare Logik die Bezeichnungen »*der* Elfhundert« und »*die* Sechshundert« eingebürgert haben. Tatsächlich hat sich aufgrund der von Maqrizi selbst angestellten Forschungen ergeben, daß auf dem Montageband des Fiat 1100 die *»he«*-Individuen klar in der Überzahl sind, während beim Fiat 600 die *»she«*-Formen überwiegen. Doch das sind Ausnahmefälle: Normalerweise treten auf den Montagebändern die *»he«*-Formen und die *»she«*- Formen ohne jede erkennbare Regelmäßigkeit auf, sieht man von der Statistik ab, wonach ihr Vorkommen jeweils auf rund 50 % anzusetzen wäre. Beim gleichen Modell haben die *»he-cars«* ein besseres Anzugsvermögen, sind härter in der Federung, weniger robust in der Karosserie, anfälliger für Schäden an Motor und Übersetzung; die *»she-cars«* dagegen haben einen geringeren Treibstoff- und Ölverbrauch sowie eine bessere Straßenlage, doch ist ihre elektrische Anlage ziemlich labil, zudem sind sie sehr empfindlich gegen Schwankungen von Temperatur und Luftdruck. Dabei handelt es sich jedoch um feine Unterschiede, die nur ein geschultes Auge erkennen kann.

Nun hat die Entdeckung der *Cladonia rapida* eine einfache, schnelle und zuverlässige Bestimmungsmethode ermöglicht, die auch von Nichtspezialisten angewandt werden kann und innerhalb weniger Jahre umfassendes Material von großem theoretischen und praktischen Nutzen geliefert hat.

Ausgedehnte und seriöse Versuche wurden von der Pariser Schule angestellt, wo man eine große Anzahl von Autos verschiedener Fabrikate mit der Flechte infizierte. Diese Versuche haben ergeben, daß bei der Auswahl, die dem Erwerb eines Kraftwagens vorausgeht, das Geschlecht des Autos eine wesentliche Rolle spielt: Die *»he-cars«* machen 62 % der von Frauen und 70 % der von homosexuell veranlagten Männern gekauften Autos aus. Die Wahl der normal veranlagten Männer hingegen ist weniger typisch: Sie kaufen *»she-cars«* im Verhältnis von 52,5 %. Die Wahl des Wagens und die Sensibilität für dessen Geschlecht sind meistens, wenn auch nicht immer, unbewußt: Mindestens ein Fünftel der von Tarnowsky Befragten haben zu erkennen gegeben, daß sie einen *»he«* von einer *»she«* mit größerer Sicherheit zu unterscheiden vermögen als einen Kater von einer Katze.

Bleibt noch eine ebenfalls mit der Lichenes-Technik durchgeführte eigenwillige englische Studie über das Phänomen der Zusammenstöße zu erwähnen. Die Zusammenstöße, die der Statistik zufolge mit gleicher Häufigkeit homo- und heterosexuell sein müßten, erwiesen sich statt dessen in 56% der Fälle (Weltdurchschnitt) als heterosexuell. Dieser Durchschnittswert variiert allerdings beachtlich von einer Nation zur anderen: 55 % in den Vereinigten Staaten, 57% in Italien und Frankreich, 52% im Vereinigten Königreich, in den Niederlanden und Deutschland. Daraus erhellt, daß mindestens in einem von zehn Fällen die Überordnung eines rudimentären Willens (oder einer Initiative) der Maschine über den menschlichen Willen (oder seine Initiative) stattfindet: welcher menschliche Wille übrigens beim Steuern durch den Stadtverkehr ohnehin in irgendeiner Weise geschwächt oder unterentwickelt sein muß. Sehr zutreffend wurde diesbezüglich von den Verfassern besagter Studie an das *»clinamen«* der Epikureer erinnert.

Der Gedanke ist, wohlgemerkt, nicht neu: Er wurde von Samuel Butler in einer richtungweisenden und unvergeßlichen Stelle in *Erewhon* erläutert und tritt auch außerhalb der sexuellen Sphäre mit bedeutungsvoller Häufigkeit bei mannigfaltigen Begebenheiten der Tageschronik auf, die nur dem Anschein nach alltäglich sind. Es sei uns erlaubt, hier einen klinischen Fall anzuführen, der Gegenstand unserer eigenen Beobachtung war.

Das Auto mit dem amtlichen Kennzeichen TO 26 ++++, Baujahr 1952, hatte bei einem Zusammenstoß auf der Kreuzung zwischen dem Corso Valdocco und der Via Giulia schwere Schäden erlitten. Es war repariert worden und hatte mehrmals den Besitzer gewechselt, bis es im Jahre 1963 von dem Geschäftsmann T. M. erworben wurde, der viermal täglich über den Corso Valdocco fuhr, um sich ins Geschäft beziehungsweise nach Hause zu begeben. Signor T. M., dem die Anamnese des Wagens unbekannt war, bemerkte, daß dieser jedesmal verlangsamte, wenn er sich der oben genannten Kreuzung näherte, und dabei nach rechts auswich; an irgendeinem andern Punkt des Straßennetzes zeigte er jedoch keinerlei Unregelmäßigkeiten. Aber es gibt ja keinen mit Beobachtungssinn ausgestatteten Verkehrsteilnehmer, der nicht dutzendweise ähnliche Beispiele anführen könnte.

Es handelt sich hier, wie jeder sehen kann, um faszinierendes Beweismaterial, das überall in der zivilisierten Welt größtes Interesse für das alarmierende Problem der aktiven Konvergenz zwischen der belebten und der unbelebten Welt gefunden hat. Erst wenige Tage alt ist die Beobachtung Beilsteins, der in der Lenkung des Opel Kapitän sichtbare Spuren von Nervengewebe nachweisen und fotografieren konnte: ein Thema, das wir in einem andern Artikel ausführlich zu behandeln gedenken.

Das Maß der Schönheit

Der grosse Sonnenschirm neben dem unsern war noch frei. Ich begab mich in die glühendheiße Bude, über der DIREKTION geschrieben stand, um mich zu erkundigen, ob ich ihn für den ganzen Monat mieten könnte. Der Badewärter sah in der Vorbestellungsliste nach und sagte dann: »Nein, tut mir leid, er ist schon seit Juni für einen Herrn aus Mailand reserviert.« Ich habe gute Augen: Neben der Nummer 75 stand der Name Simpson.

In Mailand kann es nicht viele Simpsons geben. Immerhin hoffte ich, daß er es nicht wäre, Mr. Simpson, Vertreter der NATCA. Nicht, daß ich etwas gegen ihn hätte, im Gegenteil. Aber meine Frau und ich legen Wert auf ein ungestörtes Privatleben, Ferien sind Ferien, und jeder *revenant* aus dem Geschäftsleben würde sie mir verderben. Zudem hatte seine Intoleranz und puritanische Strenge, die besonders bei unserer Meinungsverschiedenheit anläßlich der Vervielfältiger zutage getreten war, unsere Beziehungen etwas abgekühlt und ließen ihn mir als Strandnachbarn wenig wünschenswert erscheinen. Aber die Welt ist klein. Drei Tage später erschien tatsachlich kein anderer als Mr. Simpson unter dem Sonnenschirm Nr. 75. Er hatte eine voluminöse Strandtasche bei sich, und ich hatte ihn noch nie so verlegen gesehen.

Ich kenne Simpson schon seit Jahren und weiß, daß er durchtrieben und naiv zugleich ist wie alle erstklassigen Vertreter und Vermittler, daß er außerdem gesellig, redselig und jovial ist und eine gute Tafel liebt. Doch der Simpson, den der Zufall an meine Seite verschlagen hatte, war ein verschlossener und nervöser Mensch. Man hätte meinen können, daß er sich nicht in einem Liegestuhl an der Adria aalte, sondern auf dem Brett eines Fakirs läge. In den wenigen Sätzen, die wir miteinander wechselten, verwickelte er sich in Widersprüche. Er sagte, daß er das Strandleben liebe und seit vielen Jahren nach Rimini komme; doch gleich darauf, daß er nicht schwimmen könne und es als rechte Qual und puren Zeitverlust betrachte, so in der Sonne zu schmoren.

Anderntags war er verschwunden. Flugs begab ich mich zum Badewärter: Simpson hatte seinen Sonnenschirm gekündigt. Sein Verhalten machte mich neugierig. Ich suchte die verschiedenen Badeanstalten ab, verteilte Trinkgelder und Zigaretten, und nach knapp zwei Stunden wußte ich (was mich keineswegs verwunderte), daß er am entgegengesetzten Ende des Strandes, in der Badeanstalt Sirio, einen andern Sonnenschirm gefunden hatte.

Ich war zu der Überzeugung gelangt, daß der puritanische Mr. Simpson, durchaus beweibt und Vater einer Tochter im heiratsfähigen Alter, mit einem Mädchen nach Rimini gekommen sei. Der Verdacht machte mich so neugierig, daß ich beschloß, sein Tun und Lassen von der Rundterrasse herab zu beobachten. Diesem Zeitvertreib, nämlich selber ungesehen zu beobachten, insbesondere von oben herab, habe ich stets mit Leidenschaft gefrönt. »Peeping Tom« ist mein Held, der Mann, der lieber den Tod riskierte, als daß er darauf verzichtet hätte, Lady Godiva durch den Spalt im Fensterladen zu belauern; es verleiht mir ein Gefühl von Macht und tiefster Genugtuung, meinesgleichen zu beobachten, ganz gleich, was sie gerade tun oder zu tun beabsichtigen und unabhängig davon, was ich am Ende entdecken würde. Vielleicht ist das ein atavistisches Relikt des zermürbenden Lauerns unserer Urahnen bei der Jagd und weckt die vitalen Emotionen von Verfolgung und Hinterhalt.

Im Falle Simpson hingegen würde die Entdeckung nicht ausbleiben. Die Hypothese mit dem Mädchen hatte sich bald in Nichts aufgelöst: Es gab kein Mädchen weit und breit.

Trotzdem war das Benehmen meines Mannes sonderbar. Er lag da und las die Zeitung (oder tat wenigstens so), doch ließ sein ganzes Verhalten darauf schließen, daß er sich einer Beobachtertätigkeit widmete, die sich nicht wesentlich von der meinen unterschied. Von Zeit zu Zeit tauchte er aus diesem Zustand auf, kramte in seiner Tasche und holte ein Ding heraus, das einem Filmapparat oder einer kleinen Fernsehkamera glich, richtete es schräg gegen den Himmel, drückte auf einen Knopf und notierte sich dann etwas in einem kleinen Heft. Fotografierte er irgend etwas oder irgend jemanden? Ich sah genauer hin: Ja, es war zumindest wahrscheinlich; Apparate mit Prismenobjektiven für Aufnahmen im rechten Winkel, damit die fotografierte Person keinen Verdacht schöpft, sind nicht neu, besonders nicht am Strand.

Nachmittags zweifelte ich nicht mehr daran: Simpson fotografierte die vorübergehenden Badegäste. Manchmal schlenderte er am Ufer entlang, und wenn er ein lohnendes Objekt entdeckt hatte, richtete er die Kamera zum Himmel und drückte den Auslöser ab. Er schien indes keineswegs hübsche Badenixen zu bevorzugen oder gar *tout court* das weibliche Geschlecht. Er knipste, was ihm unterkam, Jugendliche, Matronen, gesetzte Männer, nichts als Haut und Knochen mit grauem Vlies, stämmige Mädchen und junge Männer aus der Romagna. Nach jeder Aufnahme setzte er regelmäßig die dunkle Brille ab und vermerkte etwas in seinem Büchlein. Eine Eigentümlichkeit seines Tuns erschien mir dabei unerklärlich: Er benutzte zwei völlig gleichartige Apparate, den einen für Männer, den anderen für Frauen. Jetzt war ich sicher: Hier handelte es sich nicht um eine harmlose senile Marotte (übrigens gäbe ich viel darum, wenn ich mit Sechzig so senil wäre wie Simpson), sondern um einen großen Coup, so groß wie Simpsons Verlegenheit, als er mich sah, und seine Eile, sich einen andern Sonnenschirm zu besorgen.

Von diesem Augenblick an wandelte sich mein geruhsames Zuschauen in konzentrierte Aufmerksamkeit. Simpsons Manipulationen waren zu einer Herausforderung an meinen Verstand geworden wie ein Schachproblem, ja wie ein Naturgeheimnis. Ich war fest entschlossen, dahinterzukommen.

Ich kaufte mir ein gutes Fernglas, aber das half mir nicht viel, im Gegenteil, es steigerte meine Verwirrung nur noch mehr. Simpson machte sich Notizen auf englisch, in einer fürchterlichen Handschrift und mit vielen Abkürzungen. Immerhin konnte ich erkennen, daß jede Seite des Notizbuches in drei Spalten unterteilt war mit den Aufschriften: »Vis. Eval.« »Meter« und »Obs.«. Augenscheinlich ein Experiment für die NATCA. Aber was für eines?

Am Abend kehrte ich in miserabler Laune in unsere Pension zurück. Ich erzählte meiner Frau von meinen Beobachtungen. Frauen haben für derlei Dinge oft eine überraschende Intuition. Aber meine Frau war aus mancherlei unerklärlichen Gründen gleichfalls miserabler Laune. Sie sagte, daß Simpson ihrer Meinung nach ein alter Lustmolch sei und daß dies alles sie nicht im mindesten interessiere. Ich vergaß zu erwähnen, daß zwischen meiner Frau und Simpson ein gespanntes Verhältnis besteht, und zwar seit vergangenem Jahr, als Simpson mir den Mimetiker anbot und meine Frau fürchtete, ich könnte einen erwerben und sie duplizieren, und sich schon darauf vorbereitete, auf sich selbst eifersüchtig zu sein. Schließlich überlegte sie sich's doch und gab mir den verblüffenden Rat: »Du mußt ihn erpressen. Droh ihm, daß du ihn bei der Strandpolizei anzeigst.«

Simpson kapitulierte im Handumdrehen. Ich fing an, indem ich sagte, sein Davonlaufen und sein mangelndes Vertrauen hätten einen höchst unangenehmen Eindruck auf mich gemacht, und unsere so langbewährte Freundschaft hätte ihm doch Garantie für meine Diskretion bieten müssen, aber ich merkte gleich, daß diese Einleitung überflüssig war. Simpson war wieder ganz der alte. Er konnte kaum erwarten, mir alles haarklein zu erzählen; offenbar hatte seine Gesellschaft ihm Stillschweigen auferlegt, und nichts war ihm willkommener als ein Eingriff höherer Gewalt, um dieses Schweigen zu brechen. Meine erste Andeutung, ich würde unter Umständen Anzeige erstatten, obwohl sehr vage und ungeschickt vorgebracht, war ihm Anlaß genug, sich auf höhere Gewalt zu berufen.

Er begnügte sich mit einer allgemein gehaltenen Zusage auf Diskretion meinerseits, dann wurde sein Blick lebhaft, und er sagte mir, daß die beiden Apparate, die er mit sich führte, keine Fotoapparate seien, sondern Kalometer. Kalorimeter? Nein, Kalometer, Schönheitsmesser. Ein männliches und ein weibliches.

»Es handelt sich um eine neue Produktion von uns: eine Testserie in geringer Zahl. Die ersten Exemplare hat man den ältesten und erprobtesten Angestellten anvertraut«, sagte er ohne falsche Bescheidenheit. »Man hat uns beauftragt, sie in unterschiedlichem Milieu und an verschiedenartigen Personen zu testen. Über die technischen Einzelheiten ihres Funktionierens hat man uns nicht aufgeklärt (Sie wissen ja, die übliche Geschichte mit den Patenten). Besonderen Wert hat man jedoch auf das gelegt, was man die *›philosophy‹* des Apparates nennt.«

»Ein Schönheitsmesser! Das scheint mir doch etwas gewagt. Was ist denn Schönheit? Wissen Sie es etwa? Haben die dort drüben Ihnen das erklären können, die von der Zentrale, von Fort ... wie heißt es gleich?«

»Fort Kiddiwanee. O doch, diese Frage hat man sich dort auch bereits gestellt, aber wissen Sie, die Amerikaner (ich sollte sagen ›wir Amerikaner‹, nicht wahr? Aber das ist schon so viele Jahre her!), die Amerikaner sind unkomplizierter als wir. Falls es bis gestern noch Zweifel darüber gegeben haben sollte, so ist heute die Angelegenheit sonnenklar: Schönheit ist, was das Kalometer mißt. Verzeihen Sie: Welcher Elektriker schert sich schon darum, was das eigentliche Wesen der Potentialdifferenz ist? Potentialdifferenz ist, was ein Voltmeter mißt. Alles andere schafft nur unnütze Komplikationen.«

»Eben. Das Voltmeter nützt den Elektrikern, ist ihr Arbeitsgerät. Wem aber könnte ein Kalometer nützen? Die NATCA hat sich bis heute mit ihren Büromaschinen einen guten Namen gemacht, solide und vernünftige Gerätschaften zum Rechnen, Vervielfältigen, Reimen und Übersetzen. Ich verstehe nicht, warum sie sich jetzt mit der Konstruktion von so … so frivolen Apparaten abgibt. Frivol oder philosophisch: da gibt es keinen Mittelweg. Ich würde nie im Leben ein Kalometer kaufen. Wozu sollte das gut sein, zum Teufel?«

Mr. Simpson strahlte über das ganze Gesicht. Er legte den linken Zeigefinger an die Nase und drückte sie ganz nach rechts, dann sagte er: »Wissen Sie, wie viele Vorbestellungen wir schon haben? Nicht weniger als vierzigtausend allein in den Staaten, dabei ist die Werbekampagne noch nicht mal angelaufen. Weitere Einzelheiten könnte ich Ihnen in ein paar Tagen mitteilen, wenn erst noch ein paar juristische Fragen über die Anwendungsmöglichkeiten des Apparates geklärt sind. Aber Sie glauben doch nicht, daß eine Gesellschaft wie die NATCA es sich leisten könnte, ein Modell zu projektieren und auf den Markt zu werfen, ohne zuvor seriöse Marktforschung betrieben zu haben! Übrigens hat die Idee auch unsere, nennen wir sie Kollegen hinter dem Eisernen Vorhang gereizt. Haben Sie das nicht gewußt? Das ist Klatsch auf hohem Niveau, den sogar die Presse aufgegriffen hat (doch da war ganz allgemein von einer neuen, strategisch wichtigen Erfindung die Rede), er hat die Runde durch unsere sämtlichen Filialen gemacht und auch einige Besorgnis erregt. Die Sowjets behaupten wie stets das Gegenteil, doch haben wir stichhaltige Beweise dafür, daß einer unserer Planer die Grundidee des Kalometers und eine der ersten Planzeichnungen vor drei Jahren an das Moskauer Erziehungsministerium verraten hat. Nun, es ist ja für niemanden ein Geheimnis, daß die NATCA eine Brutstätte für heimliche Kommunisten, Intellektuelle und zornige junge Männer ist.

Zu unserm Glück fiel die Angelegenheit in die Hände von Bürokraten und Theoretikern für marxistische Ästhetik; durch die Einschaltung der ersten gingen ein paar Jahre verloren, den zweiten haben wir es zu danken, daß der drüben entwickelte Apparat in keiner Weise mit dem unsern konkurrieren kann. Er ist für einen anderen Verwendungszweck bestimmt. Allem Anschein nach handelt es sich dabei um ein Kalogoniometer, ein Instrument, das Schönheit in Funktion zum sozialen Öffnungswinkel mißt, und das kann uns völlig kalt lassen. Unser Gesichtspunkt ist ganz anders, viel konkreter. Ich möchte sagen, Schönheit ist eine dimensionslose Zahl, sie ist ein Verhältnis, eine Summe von Verhältnissen. Ich will mich nicht mit fremden Federn schmücken: Was ich eben sagte, können Sie alles, erhabener formuliert, in der Werbebroschüre für das Kalometer finden, die in den Staaten bereits fertig und hier noch in der Übersetzung ist. Wissen Sie, ich bin nur ein kleiner Ingenieur und noch dazu durch zwanzig Jahre (allerdings blühender) Geschäftstätigkeit verdorben. Schönheit ist unserer Philosophie zufolge an ein Modell gebunden und je nach Lust und Laune der Mode oder des Betrachters beliebig abzuwandeln, und privilegierte Betrachter gibt es dabei nicht. Sie ist abhängig von der Willkür eines Künstlers, eines verborgenen Einflüsterers oder auch nur des jeweiligen Kunden. Darum muß jedes Kalometer vor dem Gebrauch geeicht werden, und dieses Eichen ist eine heikle Angelegenheit von grundlegender Bedeutung. Um Ihnen nur ein Beispiel zu nennen: Der Apparat, den Sie hier sehen, ist auf die Dienstmagd von Sebastiano del Piombo geeicht worden.«

»Wenn ich also recht verstanden habe, handelt es sich um einen Differentialapparat?«

»Gewiß. Aber man kann natürlich nicht verlangen, daß jeder Benutzer einen entwickelten und differenzierten Geschmack besitzt: Nicht alle Männer haben ein bestimmtes Frauenideal. Darum hat sich die NATCA in diesem Anfangsstadium der Präzisierung und Lancierung an drei Modellen orientiert: einem *Blank*-Modell, das kostenlos nach dem vom Kunden gewünschten Modell justiert wird, und zwei Modellen mit Standard-Justierung, jeweils zum Messen für weibliche und männliche Schönheit. Zu experimentellen Zwecken wird das weibliche Modell für das laufende Jahr, *Paris* genannt, nach Elizabeth Taylor justiert, und das männliche (bisher noch nicht sehr gefragte) Modell nach Raf Vallone. Übrigens habe ich gerade heute früh ein vertrauliches Schreiben aus Fort Kiddiwanee, Oklahoma, erhalten. Man teilt mir mit, daß für dieses Modell bisher noch kein zufriedenstellender Name gefunden worden sei und daß man daher unter uns alten Angestellten einen Wettbewerb ausgeschrieben habe. Der Preis ist natürlich ein Kalometer nach Wahl zwischen den drei Typen. Sie sind doch ein gebildeter Mann. Wollen Sie sich nicht dabei versuchen? Es wäre mir eine Freude, Sie unter meinem Namen daran teilnehmen zu lassen ...«

Ich will keineswegs behaupten, daß Semiramis ein sehr origineller oder auch sehr passender Name wäre. Man sieht daraus nur, daß die andern Teilnehmer noch weniger Phantasie und Bildung besaßen als ich. So gewann ich den Wettbewerb, oder besser gesagt, ließ ihn Simpson gewinnen, der ein *Blank*-Kalometer erhielt, das er an mich abtrat und mit dem er mich für einen Monat glücklich machte.

Zunächst probierte ich den Apparat so aus, wie er mir zugeschickt worden war, doch ohne greifbares Resultat: Er zeigte 100 bei jedem Objekt, auf das er gerichtet wurde. Also schickte ich ihn zur Filiale zurück und ließ ihn nach einer guten Farbreproduktion des *Bildnisses der Frau Lunia Czechowska* justieren; ich bekam ihn mit lobenswerter Promptheit wieder und probierte ihn unter verschiedenen Bedingungen.

Es ist wahrscheinlich noch verfrüht und daher vermessen, ein endgültiges Urteil abgeben zu wollen; immerhin glaube ich behaupten zu können, daß das Kalometer ein sensibler und kunstvoller Apparat ist. Wenn sein Zweck darin besteht, das menschliche Urteil wiederzugeben, so ist dieser Zweck vollauf erreicht. Freilich gibt es das Urteil eines Betrachters von sehr beschränktem und engem Geschmack wieder, oder richtiger gesagt, das eines Verrückten. Mein Apparat verteilt zum Beispiel niedrige Punktzahlen an alle rundlichen Frauengesichter, während bei ihm die länglichen Gesichtsformen stets gut wegkommen; das geht so weit, daß er unsere Milchfrau, die als eine Schönheit unseres Viertels gilt, aber dicklich ist, mit nur K 32 einstufte und die *Gioconda*, die ich ihm in einer Reproduktion vorgehalten hatte, gar mit K 28 abqualifizierte.

Dagegen ist er außerordentlich parteiisch für lange und dünne Hälse. Seine verblüffendste Eigenschaft (genaugenommen sogar die einzige, die ihn von einer banalen Koppelung von Fotometern unterscheidet) besteht in seiner Indifferenz gegenüber der Stellung oder Entfernung des jeweiligen Objekts. Ich bat meine Frau, die sich als gute K 75 erwiesen hat, mit Spitzen von K 79, wenn sie ausgeruht und heiteren Gemüts und in guten Lichtverhältnissen ist, sich in verschiedenen Stellungen, en face, im rechten und linken Profil, liegend, mit und ohne Hut, mit offenen oder geschlossenen Augen, messen zu lassen, und erhielt stets dieselben Werte mit Abweichungen von allenfalls 5 K.

In den Meßwerten treten nur dann wesentliche Schwankungen auf, wenn sich das Gesicht in einem Winkel von mehr als 90° zum Apparat befindet; ist das Objekt völlig abgewendet, bietet es dem Apparat also seinen Nacken dar, so erhält man sehr niedrige Werte.

Ich muß hier darauf hinweisen, daß meine Frau ein sehr längliches, ovales Gesicht, einen dünnen Hals und eine leicht aufwärtsgebogene Nase hat; meiner Meinung nach verdiente sie sogar eine höhere Punktzahl, abgesehen vom Haar, das bei meiner Frau schwarz ist, während das Justierungsmodell dunkelblond ist.

Richtet man den *Paris* auf männliche Gesichter, erhält man im allgemeinen Werte unter K 20, ja sogar unter K 10, falls das Objekt einen Schnurr- oder Kinnbart trägt. Bemerkenswert ist, daß das Kalometer nur selten absolute Nullwerte anzeigt. Ähnlich wie das auch Kinder können, vermag es ein menschliches Gesicht noch in dessen gröbsten und zufälligsten Nachbildungen zu erkennen. So führte ich das Objekt zum Spaß über eine unregelmäßige bunte Oberfläche (um es genau zu sagen, über eine Papiertapete): Der Zeiger schlug dabei stets nur an den Stellen aus, auf denen man eine entfernte Ähnlichkeit mit einem Menschen erkennen konnte. Nullwerte erhielt ich lediglich bei entschieden asymmetrischen oder unförmigen Vorlagen und natürlich bei glattem Hintergrund.

Meine Frau kann das Kalometer nicht ausstehen, aber, wie es ihre Art ist, will oder kann sie mir den Grund dafür nicht nennen. Jedesmal, wenn sie mich mit dem Apparat in der

Hand sieht oder mich auch nur von ihm reden hört, wird sie einsilbig, und ihre gute Laune ist verflogen. Das ist ungerecht, denn wie ich schon sagte, wurde sie nicht schlecht beurteilt: K 79 ist eine ausgezeichnete Punktzahl. Anfangs nahm ich an, sie hätte jenes generelle Mißtrauen auf das Kalometer ausgedehnt, das sie allen Apparaten gegenüber hegt, die Simpson mir verkauft oder probeweise überläßt, ein Mißtrauen, das sie auch Simpson gegenüber empfindet. Jedenfalls lasteten ihr Schweigen und ihre Verdrießlichkeit so sehr auf mir, daß ich ihre Entrüstung vor ein paar Tagen absichtlich provozierte, indem ich eine gute Stunde lang mit dem Kalometer im Haus herumspielte. Nun, ich muß sagen, daß ihre Ansicht, wenn auch in erregter Form hervorgebracht, durchaus begründet ist.

In Wahrheit ist meine Frau nämlich schockiert über die extreme Willfährigkeit des Apparates. Ihrer Meinung nach ist es weniger ein Meßgerät für Schönheit als für Konformität und daher ein ausgesprochen konformistisches Instrument. Ich versuchte, das Kalometer zu verteidigen (das, wie meine Frau behauptet, richtiger »Homöometer« heißen müßte), indem ich ihr vor Augen hielt, daß jeder, der etwas beurteilt, dabei insofern ein Konformist ist, als er bewußt oder unbewußt von einem Modell ausgeht; ich erinnerte sie an das stürmische Debüt der Impressionisten, an den Haß der öffentlichen Meinung auf die jeweiligen Reformer (auf allen Gebieten), der sich in ruhige Sympathie verwandelt, sobald die Reformer keine Reformer mehr sind; schließlich suchte ich ihr zu beweisen, daß das Entstehen einer Mode, eines Stils, das kollektive »Sichgewöhnen« an eine neue Ausdrucksform genau der Justierung eines Kalometers entspreche. Ich verwies nachdrücklich auf das, was mir das alarmierendste Phänomen unserer heutigen Kultur zu sein scheint, daß man nämlich auch den heutigen Durchschnittsmenschen in der unglaublichsten Weise justieren kann: Man kann ihm weismachen, daß einzig und allein Schwedenmöbel oder Plastikblumen schön seien oder ausschließlich blonde, hochgewachsene und blauäugige Menschen, daß nur eine bestimmte Zahnpasta gut, nur ein bestimmter Chirurg geschickt sei, daß nur eine bestimmte Partei die Wahrheit gepachtet habe; ich argumentierte, daß es im Grunde wenig fair ist, eine Maschine nur darum zu verachten, weil sie einen menschlichen Denkvorgang reproduziert. Aber meine Frau ist ein hoffnungsloser Fall von Crocianischer Erziehung: Sie antwortete: »Kann sein«, doch hatte ich nicht den Eindruck, sie überzeugt zu haben.

Andererseits ist auch mir in letzter Zeit ein Teil meines Enthusiasmus abhanden gekommen, freilich aus anderen Gründen. Ich habe Simpson beim Abendessen im Rotary-Club wieder getroffen. Er war glänzender Laune und verkündete mir zwei seiner »großen Triumphe«.

»Jetzt kann ich meine Bedenken gegen die Verkaufskampagne aufgeben«, sagte er zu mir. »Sie werden's nicht glauben, aber in unserm ganzen Sortiment gibt es keinen Apparat, der leichter abzusetzen wäre. Morgen schicke ich den Monatsbericht nach Fort Kiddiwanee. Wenn da keine Beförderung herausschaut! Ich hab's ja immer gesagt, der Verkäufer braucht zwei Kardinaltugenden: Menschenkenntnis und Phantasie.« Er setzte eine vertrauliche Miene auf und senkte die Stimme: »... Die Call-Zentralen! Kein Mensch hatte daran gedacht, auch in Amerika nicht. Das war wie eine spontane Zählung. Ich hätte mir nie träumen lassen, daß es so viele gibt. Sämtliche Direktricen haben die geschäftliche Bedeutung einer modernen Kartei sofort begriffen, die durch objektive kalometrische Angaben vervollständigt wird: Magda, 22 Jahre, K 87, Wilma, 26 Jahre, K 77 ... Begreifen Sie?

Dann hatte ich noch eine andere Idee. Na ja, das ist eigentlich nicht mein alleiniges Verdienst, die Umstände haben mich darauf gebracht. Ich habe einen *Paris* an Ihren Freund Gilberto verkauft. Wissen Sie, was er damit gemacht hat? Gleich nach Eintreffen des Apparates hat er sich daran zu schaffen gemacht, die Justierung gelöscht und nach sich selbst neu einjustiert.«

»Und?«

»Ja, begreifen Sie denn nicht? Das ist doch eine Idee, die man bei den meisten Kunden sozusagen spontan hervorrufen kann. Ich habe schon ein Flugblatt entworfen, das ich für die nächsten Weihnachtsferien herausbringen will. Vielleicht sind Sie so nett und sehen es sich einmal an ... Wissen Sie, mit meinem Italienisch bin ich nicht so ganz sicher. Ist die Sache erst mal in Mode, wer würde dann seiner Frau (oder seinem Mann) kein Kalometer kaufen, das nach deren oder dessen Fotografie justiert ist? Sie werden sehen: Es gibt nur sehr wenige, die der Schmeichelei eines K 100 widerstehen können. Denken Sie nur an die böse Königin in *Schneewittchen*. Jeder hat es gern, wenn er gelobt wird und wenn er recht bekommt, und sei es nur von einem Spiegel oder einem gedruckten Relais.«

Diese zynische Seite in Simpsons Charakter kannte ich noch nicht. Wir verabschiedeten uns recht kühl, und ich fürchte, daß unsere Freundschaft ernstlich Schaden gelitten hat.

Vollbeschäftigung

»Genau wie im Jahre neunundzwanzig«, sagte Mr. Simpson. »Sie sind noch jung und können sich nicht erinnern, aber es ist wirklich genau dasselbe: fehlendes Vertrauen, Passivität, Mangel an Initiative. Und glauben Sie etwa, daß man mir drüben in den Staaten, wo es schließlich gar nicht so schlecht aussieht, ein bißchen an die Hand ginge? Im Gegenteil, gerade in diesem Jahr, wo man etwas Neues, etwas Revolutionierendes gebraucht hätte. Soll ich Ihnen zeigen, was sich das Projektierungsbüro der NATCA mit seinen vierhundert Technologen und fünfzig Wissenschaftlern hat einfallen lassen? Bitte: das ist alles.« Er zog eine Metalldose aus der Tasche und legte sie verächtlich auf den Tisch.

»Nun sagen Sie selbst, wie soll einer da noch mit Liebe zur Sache Vertreter sein! Eine hübsche kleine Maschine, das will ich nicht bestreiten, aber glauben Sie mir, es gehört schon eine ordentliche Portion Unverfrorenheit dazu, das ganze Jahr mit nichts anderm in der Hand von einem Kunden zum andern zu laufen und sie zu überzeugen versuchen, daß dies die große Neuheit der NATCA des Jahres 1966 sei.«

»Wozu taugt sie denn?« fragte ich.

»Das ist ja gerade der springende Punkt: Sie taugt zu allem und zu gar nichts. Maschinen sind normalerweise auf irgend etwas spezialisiert. Ein Traktor zieht, eine Säge sägt, ein Reimwerker macht Verse, ein Belichtungsmesser mißt das Licht. Das Ding hier dagegen ist für alles oder für fast alles zu gebrauchen. Es heißt Minibrain. Nicht einmal der Name ist gut gewählt, wie mir scheint. Er ist anspruchsvoll und nichtssagend zugleich, man kann ihn nicht ins Italienische übersetzen, kurz und gut, er hat nicht die geringste Werbewirksamkeit. Es ist ein vierspuriger Selektor, weiter nichts. Wollen Sie wissen, wie viele Frauen namens Eleonora 1940 auf Sizilien am Blinddarm operiert worden sind? Oder wie viele Selbstmörder auf der Welt von 1900 bis heute zugleich Linkshänder und blond waren? Sie brauchen nur auf diesen Knopf zu drücken, und schon haben Sie die Antwort, aber nur, wenn Sie zuvor die Daten hier eingeführt haben, und das ist, mit Verlaub gesagt, nicht gerade wenig. Für meine Begriffe ist das Ding eine grobe Fehlinvestition, die sie noch teuer zu stehen kommen wird. Für die Leute drüben besteht die Neuheit im Taschenformat und im geringen Preis. Wollen Sie's haben? Vierundzwanzigtausend Lire, und es gehört Ihnen. Billiger als *made in Japan*. Aber wissen Sie was? Wenn die mir in diesem Jahr nicht noch was Originelleres zu bieten haben, lasse ich sie sitzen, trotz meiner sechzig Jahre und meiner fünfunddreißig Dienstjahre. Das ist mein voller Ernst. Glücklicherweise habe ich noch andere Trümpfe in der Hand. Ich will mich ja nicht rühmen, aber... ich glaube, ich kann Besseres tun, als in einer Zeit der Rezession Selektoren loszuschlagen.«

Während dieser langen Einleitung nach einem der großartigen Empfänge, wie sie die NATCA trotz allem alljährlich für ihre besten Kunden veranstaltet, hatte ich Simpsons Gemütsverfassung voller Neugierde zu ergründen versucht. Ganz im Widerspruch zu seinen Worten wirkte er keineswegs niedergeschlagen. Im Gegenteil, er war ungewöhnlich munter und gut gelaunt. Seine Augen funkelten lebhaft hinter den dicken Brillengläsern. Oder war das nur die Wirkung des Weines, dem wir beide reichlich zugesprochen hatten? Ich beschloß, seiner Mitteilsamkeit ein wenig nachzuhelfen.

»Auch ich bin überzeugt, daß Sie mit Ihrer Erfahrung Besseres tun könnten, als herumzulaufen, um Büromaschinen loszuwerden. Verkaufen ist schwer und oft unerfreulich, und doch ist das ein Beruf, der die Möglichkeit zu zwischenmenschlichen Kontakten bietet und einem jeden Tag neue Erkenntnisse bringt ... Schließlich gibt es ja nicht nur die NATCA auf dieser Welt.«

Simpson tappte prompt in die Falle, die ich ihm gestellt hatte. »Eben da liegt der Hund begraben. Bei der NATCA machen sie's entweder falsch oder sie übertreiben. Es ist eine alte Idee von mir: Maschinen sind zwar wichtig, wir können sie nicht entbehren, sie beeinflussen die Welt, in der wir leben, und doch sind sie nicht immer die optimale Lösung für unsere Probleme.«

Diese Worte waren nicht sonderlich verständlich, also unternahm ich einen neuen Vorstoß. »Natürlich, das menschliche Gehirn ist unersetzbar. Wer Elektronenhirne projektiert, ist nur allzuleicht geneigt, diese Wahrheit zu vergessen.« »Nicht doch«, erwiderte Simpson ungeduldig, »kommen Sie mir nicht mit dem menschlichen Gehirn. Erstens ist es viel zu kompliziert, zweitens ist keinesfalls bewiesen, daß es sich jemals selbst begreifen kann, und schließlich beschäftigen sich schon viel zu viele Leute damit. Brave und uneigennützige Leute, gewiß, aber eben zu viele; da gibt es Berge von Büchern und Tausende von Organisationen und andere NATCAs, nicht besser und nicht schlechter als die meine, wo das menschliche Gehirn in allen Saucen gekocht wird. Freud, Pawlow, Turing, die Kybernetiker, die Soziologen, sie alle manipulieren und denaturieren das Gehirn, und unsere Maschinen bemühen sich, es nachzuahmen. Nein, meine Idee ist etwas ganz anderes.« Er machte eine Pause, zögerte ein wenig, beugte sich dann über den Tisch und sagte leise: »Es ist mehr als eine Idee. Wollen Sie mich am Sonntag besuchen?«

Simpson bewohnte eine alte Villa auf einem Hügel, die er nach dem Krieg für einen Spottpreis erworben hatte. Das Ehepaar Simpson empfing uns, meine Frau und mich, sehr herzlich und zuvorkommend; ich war sehr erfreut, endlich die Bekanntschaft von Mrs. Simpson zu machen, einer schmächtigen Frau mit schon ergrautem Haar, sanft und zurückhaltend und doch voller menschlicher Wärme. Sie baten uns, am Rand eines Teiches im Garten Platz zu nehmen. Die Unterhaltung schleppte sich zerstreut und vage dahin, was vor allem auf Mr. Simpsons merkwürdiges Benehmen zurückzuführen war. Er sah in die Luft, rutschte unruhig auf seinem Stuhl hin und her, zündete dauernd seine Pfeife an und ließ sie gleich wieder ausgehen. Es war unverkennbar, daß er von einer fast lächerlich anmutenden Eile getrieben war, die einleitenden Floskeln zu beenden und zu den Fakten überzugehen.

Ich muß zugeben, daß er dies mit Eleganz zu tun wußte. Als seine Gattin den Tee servierte, fragte er: »Ein paar Heidelbeeren gefällig, Signora? Auf der anderen Seite des Tals gibt es eine Menge davon in ausgezeichneter Qualität.« »Ich möchte nicht, daß Sie sich irgendwelche Umstände machen …« fing meine Frau an. Doch Simpson entgegnete: »Aber durchaus nicht!«, zog ein kleines Instrument aus der Tasche, das mich an eine Panflöte erinnerte, und blies drei Töne darauf. Man vernahm ein leichtes, knisterndes Schwirren, das Wasser des Teiches kräuselte sich, und über unsern Köpfen zog rasch eine Schar Libellen vorbei. »Zwei Minuten!« verkündete Simpson triumphierend und drückte auf den Zeitnehmer seiner Armbanduhr. Mit stolzem und zugleich ein wenig verlegenem Lächeln begab sich Mrs. Simpson ins Haus und kam mit einer Kristallschale wieder, die sie auf den Tisch stellte. Die zweite Minute war gerade verstrichen, da tauchten die Libellen wieder auf, wie eine winzige Bomberformation, wohl etliche Hundert an der

Zahl. Über uns verhielten sie im Flug, es war wie ein metallisches, fast musikalisches Rauschen, dann senkte eine nach der anderen sich ruckartig auf die Schale nieder, ließ eine Heidelbeere fallen und war wie der Blitz wieder verschwunden. Binnen weniger Augenblicke war die Schale gefüllt. Keine einzige Beere war danebengefallen, und alle waren noch taufrisch.

»Das klappt immer«, sagte Simpson. »Eine verblüffende, wenn auch wissenschaftlich etwas unorthodoxe Demonstration. Immerhin, Sie haben's mit eigenen Augen gesehen, so spare ich mir die Mühe, Sie mit Worten zu überzeugen. Nun sagen Sie mir: wenn man das fertigbringt, was hätte es da für einen Sinn, eine Maschine zu erfinden, die man mit der Funktion betrauen könnte, in zwei Hektar Wald die Heidelbeeren zu pflücken! Und glauben Sie vielleicht, man könnte eine Maschine projektieren, die den Auftrag innerhalb von zwei Minuten ausführt, ohne Lärm, ohne Brennstoff zu verbrauchen und ohne sich selbst und dem Wald Schaden zuzufügen? Und die Kosten, denken Sie nur an die Kosten! Was kostet denn ein Schwarm Libellen? Die, abgesehen von allem anderen, auch noch sehr niedlich sind.«

»Sind es ... abgerichtete Libellen?« fragte ich törichterweise. Ich hatte mir einen raschen, alarmierten Seitenblick auf meine Frau nicht verkneifen können und fürchtete, daß Simpson ihn bemerkt und seine Bedeutung verstanden haben könnte. Das Gesicht meiner Frau war unbewegt, aber ich spürte ihr Unbehagen sehr wohl.

»Sie sind nicht abgerichtet, sie stehen in meinen Diensten. Vielmehr haben wir, genauer gesagt, ein Abkommen getroffen.« Simpson lehnte sich in seinem Stuhl zurück, lächelte gutmütig und genoß die Wirkung seiner Worte. Dann fuhr er fort: »Vielleicht ist es besser, ich erzähle Ihnen alles von Anfang an. Sicher haben Sie von den genialen Arbeiten gehört, die von Frisch über die Bienensprache geschrieben hat: der Schwänzeltanz, seine Modalitäten und seine Bedeutung in bezug auf Entfernung, Richtung und Quantität der Nahrung. Vor zwölf Jahren schon hat mich dieses Problem fasziniert, und seither habe ich alle meine freien Wochenenden den Bienen gewidmet. Anfangs wollte ich nur den Versuch machen, mich mit den Bienen in ihrer Sprache zu verständigen. Es ist absurd, daß noch niemand vor mir auf diese Idee gekommen ist. Es geht nämlich erstaunlich leicht. Kommen Sie, ich zeige es Ihnen.«

Er führte mich zu einem Bienenstock, dessen Vorderwand er durch eine Milchglasscheibe ersetzt hatte. Mit dem Finger zeichnete er mehrere schräge Achter außen auf das Glas, und kurz danach kam ein kleiner Bienenschwarm summend aus dem Schlupfloch.

»Es tut mir leid, daß ich sie diesmal getäuscht habe. Die Ärmsten, zweihundert Meter weiter südöstlich ist nämlich überhaupt nichts zu finden. Aber ich wollte Ihnen nur demonstrieren, wie ich das Eis, das heißt die Wand des Nichtverstehens, durchbrochen habe, die uns von den Insekten trennt. Zuerst hatte ich es mir unnötig schwergemacht. Stellen Sie sich vor, monatelang habe ich selbst Achter getanzt, mit dem ganzen Körper, meine ich, nicht nur mit dem Finger: ja, hier vor ihnen, auf dem Rasen. Sie haben's trotzdem verstanden, wenn auch unter Schwierigkeiten, aber schließlich war das mühsam und lächerlich. Später habe ich dann begriffen, daß viel weniger Aufwand nötig war: irgendein Zeichen, Sie haben's ja gesehen, auch mit dem Stock oder mit dem Finger, wenn es nur ihrer Sprachregelung entspricht.«

»Und bei den Libellen ...?«

»Mit den Libellen stehe ich bis jetzt nur in indirektem Kontakt. Das war der zweite Schritt. Ich begriff ziemlich bald, daß die Bienensprache weit über den Schwänzeltanz hinausgeht, mit dem sie einander die Weideplätze melden.

Heute kann ich sagen, daß sie noch über andere Tänze, ich meine über andere Figuren, verfügen; ich habe sie noch nicht alle entziffert, aber ein kleines Glossarium mit einigen hundert Bedeutungen konnte ich immerhin schon anlegen. Hier ist es: Es enthält Ausdrucksformen für eine ganze Reihe von Substantiven wie ›Sonne, Wind, Regen, Kälte, Wärme‹ und so fort, dazu eine ausgedehnte Sammlung von Pflanzennamen. Übrigens habe ich festgestellt, daß sie mindestens zwölf verschiedene Figuren haben, um beispielsweise einen Apfelbaum zu kennzeichnen, je nachdem, ob es sich um einen großen, kleinen, alten, gesunden, verwilderten Baum und so weiter handelt; das entspricht etwa unseren Bezeichnungen für die verschiedenen Pferdetypen. Sie können ›sammeln, stechen, fallen, fliegen‹ formulieren, auch hier gibt es für den Begriff ›fliegen‹ eine überraschend hohe Zahl von Synonymen: ihr eigenes ›fliegen‹ ist anders als das der Stechmücken, der Schmetterlinge oder der Sperlinge. Dafür unterscheiden sie nicht zwischen ›gehen, laufen, schwimmen und fahren‹; für sie ist jede Fortbewegungsart auf der Erd- oder Wasseroberfläche ›kriechen‹. Ihr Wortschatz für die andern, besonders die fliegenden Insekten ist kaum geringer als der unsere, andererseits begnügen sie sich mit einer äußerst großzügigen Einteilung für die größeren Tiere. Für die Vierbeiner, also von der Maus bis zum Hund und Schaf aufwärts, haben sie nur zwei Zeichen, die etwa mit ›vier klein‹ und ›vier groß‹ wiedergegeben werden könnten. Auch zwischen Mann und Frau machen sie keinen Unterschied, den habe ich ihnen erst erklären müssen.«

»Sie selbst sprechen die Bienensprache?«

»Bis jetzt nur unvollkommen. Aber ich verstehe sie ziemlich gut, und das habe ich mir zunutze gemacht, um mir einige der größten Geheimnisse im Leben des Bienenstocks erklären zu lassen: wie sie den Tag des Drohnenmordes festlegen, wann und warum sie den Königinnen gestatten, auf

Leben und Tod miteinander zu kämpfen, wie sie das Zahlenverhältnis zwischen Drohnen und Arbeitsbienen festlegen. Aber alles haben sie mir nicht verraten. Bestimmte Geheimnisse behalten sie für sich. Sie sind ein sehr würdevolles Geschlecht.«

»Sprechen sie mit den Libellen auch durch den Tanz?«

»Nein. Die Bienen sprechen nur untereinander und (verzeihen Sie die Unbescheidenheit) mit mir durch Tanz. Was die übrigen Insekten betrifft, muß ich Ihnen vor allem mitteilen, daß die Bienen nur mit den höher entwickelten regelmäßige Beziehungen unterhalten, besonders mit den in Gesellschaften lebenden Insekten und mit denen, die einen Herdentrieb haben. Zum Beispiel unterhalten sie recht enge (wenn auch nicht immer freundschaftliche) Beziehungen zu Ameisen, Wespen und eben zu Libellen; bei den Heuschrecken dagegen und bei den Orthopteren im allgemeinen beschränken sie sich auf Befehle und Drohungen. Jedenfalls verständigen sich die Bienen mit allen anderen Insekten unter Zuhilfenahme ihrer Fühler. Ein rudimentärer Ausdrucksschatz, aber so schnell, daß ich nicht folgen kann, und ich fürchte, das liegt ein für allemal außerhalb des menschlichen Fassungsvermögens. Aber um Ihnen die Wahrheit zu gestehen, ich habe nicht nur keine Hoffnung, sondern auch nicht das leiseste Verlangen danach, mit anderen Insekten unter Ausschaltung der Bienen Kontakt aufzunehmen. Das fände ich den Bienen gegenüber recht unfair, außerdem spielen sie ihre Vermittlerrolle mit großer Begeisterung, fast als hätten sie ihren Spaß dabei. Um auf den, sagen wir, inter-insektischen Wortschatz zurückzukommen, so habe ich den Eindruck, daß es sich dabei gar nicht um eine regelrechte Sprache handelt: Mir scheint, daß sie keineswegs streng konventionell, sondern eher der Intuition und der Phantasie des Augenblicks überlassen ist. Sie scheint gewisse Ähnlichkeit mit der komplizierten und zugleich knappen Art und Weise zu haben, in der wir Menschen mit Hunden verkehren (Sie werden sicher bemerkt haben, daß es eine eigentliche Mensch-Hunde-Sprache nicht gibt, und doch kann man sich recht weitgehend miteinander verständigen), ist aber unzweifelhaft viel umfassender, wie Sie selbst an den Resultaten sehen können.«

Er führte uns durch Garten und Laubengang und wies uns darauf hin, daß es keine einzige Ameise gab. Nein, es waren keine Insektizide. Aber seine Frau konnte Ameisen nicht ausstehen (Mrs. Simpson, die uns folgte, errötete bis unter die Haarwurzeln), und so hatte er mit ihnen einen Vertrag geschlossen. Er hatte sich erboten, alle ihre Kolonien bis zur Umfassungsmauer mit Nahrung zu versorgen (eine Ausgabe von zwei- oder dreitausend Lire im Jahr, erklärte er), und dafür hatten sie sich verpflichten müssen, alle Ameisenhaufen im Umkreis von fünfzig Metern von der Villa zu räumen, keine neuen mehr anzulegen und täglich zwei Stunden lang, von fünf bis sieben, die gesamte Mikrosäuberung und Vernichtung von Schädlingslarven im Garten und in der Villa zu übernehmen. Die Ameisen hatten eingewilligt; bald darauf hatten sie sich allerdings durch Vermittlung der Bienen über eine Kolonie von Ameisenlöwen beschwert, die sich in einem Sandstreifen am Waldrand eingenistet hatten. Simpson gestand mir, er habe damals keine Ahnung gehabt, daß Ameisenlöwen nichts anderes als Libellenlarven sind. Er hatte sich an Ort und Stelle mit Entsetzen von ihren blutrünstigen Gepflogenheiten überzeugen können. Der Sand war von kleinen konischen Löchern übersät. Da, eine Ameise hatte sich an den Rand gewagt und war sogleich mit dem losen Sand zusammen in die Tiefe gerollt. Unten war ein Paar grausiger, krummer Beißwerkzeuge aufgetaucht, und Simpson hatte zugeben müssen, daß der Protest der Ameisen gerechtfertigt war. Er sagte mir, daß er stolz und verwirrt zugleich gewesen sei, weil man einen Schiedsspruch von ihm verlangt hatte: Von seiner Entscheidung hing der gute Ruf des ganzen Menschengeschlechts ab.

Er hatte eine kleine Versammlung einberufen. »Es war vorigen Juli, eine unvergeßliche Sitzung. Bienen waren zugegen, Ameisen und Libellen, ausgewachsene Libellen, die sehr hartnäckig und ebenso höflich die Rechte ihrer Larven verteidigten. Sie machten mich darauf aufmerksam, daß diese keineswegs für die Art ihrer Nahrungsaufnahme verantwortlich gemacht werden könnten: Sie seien außerstande, sich fortzubewegen, und daher gezwungen, den Ameisen Fallen zu stellen oder Hungers zu sterben. Ich schlug vor, eine angemessene Tagesration Mischfutter für sie anzusetzen, wie wir es den Hühnern geben. Die Libellen bestanden auf einem praktischen Versuch. Die Larven nahmen das Futter an, und so erklärten die Libellen sich bereit, dafür Sorge zu tragen, daß jedwede Nachstellung zum Schaden der Ameisen ein Ende nehme. Bei dieser Gelegenheit habe ich ihnen für jeden Ausflug in den Heidelbeerwald eine Sonderration angeboten. Aber das ist eine Dienstleistung, die ich nur selten von ihnen verlange. Sie gehören zu den intelligentesten und robustesten Insekten, und ich verspreche mir viel von ihnen.«

Er erklärte mir, daß es ihm unfair erschienen wäre, den ohnehin überlasteten Bienen einen wie auch immer gearteten Vertrag vorzuschlagen; dagegen stand er bereits im fortgeschrittenen Verhandlungsstadium mit Fliegen und Stechmücken. Die Fliegen waren dumm, man konnte nicht viel aus ihnen herausholen, höchstens daß sie einem im Herbst nicht gar so lästig fielen und Stall und Misthaufen mieden. Für vier Milligramm Milch pro Tag und Kopf hatten sie akzeptiert. Simpson plante, sie mit der Übermittlung einfacher Eilnachrichten zu beauftragen, wenigstens so lange, bis man ihm ein Telefon in der Villa gelegt hätte. Die Verhandlungen mit den Stechmücken erwiesen sich aus andern Gründen als schwierig: Sie waren nicht nur zu überhaupt nichts nütze, sondern hatten obendrein zu verstehen gegeben, daß sie nicht die geringste Lust, ja nicht einmal die Möglichkeit hätten, auf menschliches Blut oder mindestens auf dasjenige von Säugetieren zu verzichten. In Anbetracht der Nähe des Teiches bedeuteten die Stechmücken schon eine gewisse Belästigung, daher hielt Simpson eine Vereinbarung für wünschenswert. Er hatte sich mit dem Amtstierarzt beraten und sich daraufhin vorgenommen, eine Stallkuh alle zwei Monate einen halben Liter Blut abzuzapfen. Durch Zusatz einer geringen Menge von Zitrat würde es nicht gerinnen und zweifellos für alle ortsansässigen Stechmücken ausreichen. Er machte mich darauf aufmerksam, daß dies an und für sich kein großartiger Gewinn sei, aber immerhin weniger kostspielig als eine DDT-Aktion, und daß auf diese Weise darüber hinaus das biologische Gleichgewicht der Gegend keinen Schaden nehmen würde. Dieser Umstand sei nicht ohne Bedeutung, denn die Methode könnte patentiert und in Malariagebieten ausgewertet werden. Er meinte, die Stechmücken würden ziemlich rasch begreifen, daß es ihr ureigenstes Interesse sei, sich nicht mit Plasmodien zu infizieren, und was die Plasmodien beträfe, wäre es schließlich kein großer Schaden, wenn sie ausstürben. Ich fragte ihn, ob man ähnliche Nichtangriffspakte nicht auch mit andern Parasiten des Menschen und der menschlichen Behausungen abschließen könnte. Simpson erwiderte, daß es sich bislang als schwierig erwiesen habe, Kontakte zu den nicht gesellig lebenden Insekten aufzunehmen; er fügte aber hinzu, daß er sich andererseits auch nicht sonderlich darum bemüht habe in Anbetracht des geringen Nutzens, den man sich auch im besten Fall davon erwarten könnte; außerdem sei er der Meinung, daß diese Insekten ebendeshalb ungesellig seien, weil sie nicht die Fähigkeit besäßen, sich verständlich zu machen. Immerhin habe er in punkto schädliche Insekten bereits einen von der Food & Agriculture Organization genehmigten Vertragsentwurf parat und habe sich vorgenommen, ihn mit einer Abordnung von Heuschrecken gleich nach der Metamorphose zu diskutieren, und zwar durch Vermittlung seines Freundes, des NATCA-Vertreters für die VAR und den Libanon.

Inzwischen war die Sonne untergegangen, und wir begaben uns in den Salon. Meine Frau und ich waren voller Bewunderung und innerer Erregung. Wir brachten es nicht fertig, Simpson zu erklären, was für Gedanken uns bewegten. Dann aber machte meine Frau doch einen Anfang und sagte ihm, daß er sich da an eine neue und großartige ... »Sache« gewagt habe, die voller wissenschaftlicher und auch poetischer Perspektiven stecke. Simpson unterbrach sie: »Signora, ich vergesse keinen Augenblick, daß ich Geschäftsmann bin. Übrigens, das größte Geschäft habe ich noch gar nicht erwähnt. Ich muß Sie freilich bitten, nichts davon verlauten zu lassen; die *Bigs* der NATCA sind ganz scharf darauf, vor allem die Eierköpfe im Forschungszentrum von Fort Kiddiwanee. Ich habe ihnen einen Bericht darüber gemacht, selbstverständlich erst, nachdem ich die patentrechtliche Lage geklärt hatte, und es sieht so aus, als ob sich eine interessante Kombination daraus ergeben könnte. Sehen Sie einmal nach, was hier drinsteckt.« Er reichte mir ein winziges Pappschächtelchen, nicht größer als ein Fingerhut. Ich öffnete es: »Da ist gar nichts drin!«

»Fast gar nichts«, korrigierte mich Simpson. Er reichte mir eine Lupe. Auf dem weißen Boden des Schächtelchens sah ich einen Faden, dünner als ein Haar und vielleicht einen Zentimeter lang; etwa in der Mitte konnte man eine leichte Verdickung erkennen.

»Das ist ein Thermistor«, erläuterte Simpson. »Der Draht ist zwei Tausendstel stark, die Verdrillung fünf Tausendstel, und das ganze kostet viertausend Lire, es wird aber demnächst nur zweihundert kosten. Dieses Stück ist das erste von meinen Ameisen montierte, von den roten Waldameisen, das sind die stärksten und geschicktesten. Im Sommer habe ich's einer Zehnergruppe beigebracht, die haben dann ihrerseits die übrigen unterwiesen. Sie müßten das mal sehen, es ist ein einzigartiges Schauspiel: Zwei packen die beiden Elektroden mit ihren Greifzangen, eine dreht drei Windungen hinein, befestigt sie mit einem Harztröpfchen, und dann bringen alle drei gemeinsam das Teil auf dem Leiter an. Zu dritt montieren sie einen Widerstand in vierzehn Sekunden, Ausfallzeit inbegriffen, und sie arbeiten zwanzig von vierundzwanzig Stunden. Daraus hat sich ein gewerkschaftliches Problem ergeben, aber derlei Dinge lassen sich ja immer regeln; die Ameisen jedenfalls sind einverstanden, darüber kann es keinen Zweifel geben. Sie bekommen ihre Vergütung in Naturalien, in zwei Hälften aufgeteilt: Die eine ist sozusagen eine persönliche Zuwendung, die verzehren sie in den Arbeitspausen, die andere ist kollektiv, also für den Vorrat des Ameisenhaufens bestimmt, die verwahren sie in ihren Bauchtaschen; alles in allem fünfzehn Gramm täglich für die gesamte Belegschaft von fünfhundert Arbeiterinnen. Es ist das Dreifache der Menge, die sie an einem ganzen Tag im Wald hätten sammeln können. Aber das ist erst der Anfang. Ich bin schon dabei, weitere Trupps für andere ›unmögliche‹ Arbeiten auszubilden. Eine Abteilung hat die Aufgabe, das Beugungsgitter eines Spektrometers anzureißen, tausend Zeilen in acht Millimetern; eine andere soll gedruckte Miniaturschaltungen reparieren, die man bisher weggeworfen hat, wenn sie entzweigegangen waren; eine andere soll Fotonegative retuschieren, eine wird für Hilfeleistungen in der Gehirnchirurgie ausgebildet, und ich kann jetzt schon sagen, daß sie unentbehrliche Helfer sind, um Kapillarhämorrhagien zum Stillstand zu bringen. Man braucht nur einen Augenblick zu überlegen, schon fallen einem dutzendweise Arbeiten ein, die ein Minimum an Energieaufwand erfordern, aber von unsereinem nicht wirtschaftlich durchgeführt werden können, weil unsere Finger zu groß und ungeschickt sind, weil ein Mikromanipulator zu teuer wäre oder weil sie eine zu große Zahl von Arbeitsgängen auf einem zu breiten Gebiet erfordern. Ich habe bereits Verbindung zu einer landwirtschaftlichen Versuchsstation aufgenommen wegen einiger aufsehenerregender Experimente: Ich möchte einen Ameisenhaufen dazu abrichten, ›beigegebene‹ Düngemittel zu verteilen, ein Körnchen pro Samen; einen andern, die Reisfelder zu verbessern, das heißt, das Unkraut zu entfernen, ehe es überhaupt zum Sprießen kommt; einen andern, die Silos zu säubern; und wieder einen andern, Mikrozellenverpflanzungen vorzunehmen ... Das Leben ist kurz, glauben Sie mir. Ich könnte mich verwünschen, daß ich erst so spät damit begonnen habe. Allein schafft man so wenig!«

»Warum nehmen Sie keinen Partner?«

»Glauben Sie etwa, ich hätte es nicht versucht? Ich wäre um ein Haar im Kittchen gelandet. So bin ich zu der Überzeugung gekommen ... wie heißt das Sprichwort? Selbst ist der Mann.«

»Ins Kittchen?«

»Ja, wegen O'Toole. Es ist erst sechs Monate her. Jung, optimistisch, intelligent, unermüdlich und voller Phantasie, eine wahre Goldgrube von Ideen. Aber eines Tages fand ich auf seinem Schreibtisch einen sonderbaren kleinen Gegenstand, ein hohles Plastikkügelchen, nicht größer als eine Weinbeere, und darin ein Pulver. Ich hatte das Ding gerade in der Hand, verstehen Sie, da klopft es an die Tür: Interpol, acht Beamte. Ich mußte ein Staraufgebot von Anwälten bemühen, um aus der Affäre rauszukommen, um sie zu überzeugen, daß ich keine blasse Ahnung hatte.«

»Wovon denn?«

»Von dem Ding mit den Aalen. Wie Sie wissen, sind das keine Insekten, aber auch sie ziehen alljährlich in Schwärmen, Tausende und aber Tausende. Er hatte sie beschwatzt, der Unglücksmensch, als ob ich ihn mit Geld knapp gehalten hätte. Mit ein paar toten Fliegen hat er sie bestochen, und so fanden sie sich einer nach dem andern am Ufer ein, ehe sie in die Sargassosee aufbrachen: zwei Gramm Heroin pro Aal, im Kügelchen, auf den Rücken gebunden. Drüben erwartete sie dann selbstredend die Jacht von Rick Papaleo. Wie ich schon sagte, bin ich inzwischen von jedem Verdacht gereinigt. Aber die Sache ist ruchbar geworden, und jetzt habe ich den Fiskus auf den Fersen. Die bilden sich ein, ich würde wer weiß was daran verdienen, und machen danach ihre Erhebungen. Immer die alte Leier, nicht wahr? Du brauchst nur das Feuer zu erfinden und den Menschen zu schenken, schon zerfleischt dir der Geier die Leber in alle Ewigkeit.«

Schutz

Marta war fertig mit dem Aufräumen der Küche, setzte die Waschmaschine in Gang, dann zündete sie sich eine Zigarette an, lehnte sich im Sessel zurück und verfolgte dabei durch den Visierschlitz zerstreut das Fernsehen. Von Giulio im Zimmer nebenan war nichts zu hören: wahrscheinlich saß er über seinen Schulbüchern oder machte Hausaufgaben. Vom andern Ende des Flurs ließ sich dann und wann das beruhigende Klirren Lucianos vernehmen, der mit einem Freund spielte.

Im Fernsehen lief die Werbesendung: vom Bildschirm kamen in lustloser Folge Kaufanreize, Empfehlungen, Anpreisungen: Kaufen Sie nur den Aperitiv Alpha, nur das Eis Beta; wählen Sie als Putzmittel nur Gamma, für jedes Metall geeignet; nur die Helme Delta, die Zahnpasta Epsilon, nur Kleider der Marke Zeta, geruchloses Öl Marke Eta für Ihre Scharniere, den Wein Theta ... Obwohl sie sehr unbequem saß und die Rüstung sie an den Hüften drückte, schlummerte Marta schließlich ein, aber sie träumte, sie schliefe ausgestreckt quer auf den Stufen im Treppenhaus und die Leute stiegen neben ihr treppauf und treppab, ohne sich um sie zu kümmern. Sie erwachte, als sie vom Treppenabsatz das Rasseln Enricos vernahm: sie täuschte sich nie, war stolz, daß sie seinen Schritt aus dem aller übrigen Hausbewohner heraushörte. Als er eingetreten war, schickte Marta rasch Lucianos Spielgefährten nach Hause und deckte den Tisch für das Abendessen. Es war heiß, und die Tagesschau hatte überdies gemeldet, daß der Mikrometeoritenregen gerade eine Phase schwacher Aktivität durchmache: daher klappte Enrico sein Visier hoch, und die andern taten es ihm gleich. So ließ sich auch das Essen viel besser zum Mund führen als durch das kleine sternförmige Ventil, in dem immer Speisereste hängenblieben, die dann unangenehm rochen. Enrico legte seine Zeitung beiseite und verkündete: »Ich habe Roberto in der U-Bahn getroffen, wir haben uns ja wirklich lange nicht mehr gesehen. Er kommt heute abend mit Elena zu uns.«

Die beiden kamen gegen zehn, als die Kinder schon im Bett lagen. Elena trug ein wunderschönes Kostüm aus AISI-Stahl 304, mit fast unsichtbaren Argon-Schweißnähten und niedlichen kleinen Fräskopfbolzen; Roberto hingegen steckte in einem leichten Panzer von ungewöhnlichem Schnitt, an den Seiten geflanscht und erstaunlich geräuscharm.

»Den hab ich mir im März in England gekauft«, erklärte er, »jaja, rostfrei, absolut wasserdicht, das ganze Zubehör ist aus Neopren, in nicht mehr als einer Viertelstunde hast du ihn an- oder abgelegt.«

»Was wiegt er?« fragte Enrico, nicht sonderlich interessiert.

Roberto lachte, aber durchaus nicht verlegen. »Tja, das ist die Schwachstelle. Ihr wißt ja, die Tendenz geht hin zur Normierung, und wir in der EU sind schon soweit, aber da drüben sind sie, was Maße und Gewichte betrifft, immer um ein paar Schritte zurück. Er wiegt sechs Kilo achthundert: es fehlen nur zweihundert Gramm bis zum vorgeschriebenen Gewicht, aber ihr werdet sehen, das merkt kein Mensch; oder vielleicht lasse ich mir, damit alles ganz nach Vorschrift ist, an der Halsberge hinten, wo man es nicht sieht, einen kleinen Einsatz aus Blei anfertigen. Davon abgesehen stimmt alles, was die Dicke des Blechs anbelangt, und vorsichtshalber habe ich immer das Ursprungszeugnis und den Bauplan mit Registriernummer dabei, hier in diesem Schlitz neben dem Kennzeichen. Seht ihr? Ist extra dafür gemacht: eine dieser kleinen Ideen, die einem das Leben erleichtern. Die Engländer sind praktische Leute.«

Marta konnte nicht umhin, einen verstohlenen Blick auf Enricos Rüstung zu werfen: er würde nie zum Einkaufen nach London reisen, der arme Kerl. Er trug immer noch seine alte Rüstung aus Zinkblech, in der sie ihn vor vielen Jahren kennengelernt hatte: sie sah noch anständig aus, zweifellos, keine einzige Roststelle, aber die Mühsal mit der Pflege! Und dann das Abschmieren: nicht weniger als sechzehn Staufferbüchsen, und an vier kam man ganz schlecht ran, aber wehe, wenn man eine ausließ oder einen Sonntag mal nicht abschmierte, er quietschte dann sofort wie ein schottisches Schloßgespenst; andererseits aber auch wehe, wenn man es übertrieb, da hinterließ er auf allen Stühlen und Sesseln Schmierspuren, wie eine Schnecke. Aber Enrico schien das alles gar nicht zu bemerken: er behauptete, er hänge an seiner Rüstung, und es war ein hoffnungsloses Unterfangen, ihm einreden zu wollen, daß er sich eine neue anschaffte, und dabei, dachte Marta, gab es heutzutage doch schon so praktische, beinahe elegante Ausführungen, die vollkommen den gesetzlichen Vorschriften entsprachen, und wenn man sie abstotterte, merkte man die Ausgabe kaum.

Sie betrachtete im Wandspiegel verstohlen ihr eigenes Bild. Auch sie war nicht der Typ von Frau, die den Tag beim Friseur oder im Kosmetiksalon zubringt, und doch hätte es ihr schon, kein Zweifel, Freude gemacht, ihre Garderobe ein bißchen aufzupeppen: im Grunde fühlte sie sich noch jung, auch wenn Giulio inzwischen sechzehn war. Marta folgte der Unterhaltung nur zerstreut. Roberto war von den vieren bei weitem der geistreichste Gesprächspartner: Er kam viel herum und hatte stets Neues zu erzählen. Marta bemerkte mit Vergnügen, daß seine Augen nach den ihren suchten: ein rein retrospektives Vergnügen, denn jene Affäre zwischen ihnen lag nun schon zehn Jahre zurück, und bei ihr würde in dieser Hinsicht nichts mehr los sein, das wußte sie, weder mit ihm noch mit einem andern. Ein abgeschlossenes Kapitel: von allen anderen Gründen abgesehen allein schon wegen dieser Scherereien mit den obligatorischen Schutzvorkehrungen, deretwegen man nie wußte, ob man es mit einem Jungen oder einem Alten, einem Hübschen oder einem Häßlichen zu tun hatte, so daß sich alle Begegnungen auf eine Stimme oder das Aufblitzen eines Blicks hinter einem Visier beschränkten. Sie hatte nie begriffen, wieso ein derart absurdes Gesetz durchgekommen war, doch Enrico hatte ihr mehrfach erklärt, die Mikrometeoriten seien eine wirkliche, greifbare Gefahr, die Erde durchquere seit zwanzig Jahren einen Schwarm, und ein einziger genüge, um einen Menschen zu töten, wenn er seinen Körper blitzartig durchbohre. Ihre Aufmerksamkeit wurde wieder wach, als sie feststellte, daß Roberto gerade auf dieses Thema gekommen war.

»Ihr glaubt das auch? Na ja, wenn ihr auch immer und ewig nur den *Herold* lest, muß man sich ja nicht wundern, aber denkt mal ein bißchen darüber nach, dann kommt ihr drauf, daß das alles nichts weiter ist als eine aufgebauschte Geschichte. Es gibt nur lächerlich wenige Fälle von ›Tod aus dem Himmel‹, wie man das jetzt nennt, eindeutig verbürgt sind nicht mehr als zwanzig. Bei den übrigen handelt es sich um Embolien oder Herzinfarkte oder sonstige Anfälle.«

»Also hör mal!« entgegnete Enrico. »Erst vorige Woche war wieder zu lesen von diesem französischen Minister, der nur für einen Augenblick ohne Rüstung auf den Balkon getreten war ...«

»Alles aufgebauscht, sag ich euch. Es gibt immer mehr Herzinfarkte, und der Herzinfarkt ist eine Einrichtung, von der niemand einen Vorteil hat: und weil es ja die Vollbeschäftigung zu erhalten gilt, haben sie eben versucht, ihn zu nutzen, das ist alles. Wenn jemand einen Infarkt kriegt und hatte keinen Panzer an, dann war es gleich ein MM, ein Mikrometeorit, und ein gefälliger Abschnittssachverständiger findet sich allemal; wenn derselbe Mensch aber einen Panzer trug, dann bleibt es ein Herzinfarkt, und keiner redet davon.«

»Und die Zeitungen geben sich alle dazu her?«

»Alle nicht, aber ihr wißt doch, wie die Lage ist: Der Automarkt ist gesättigt, und die Montagestrecken sind die heiligen Kühe – sie dürfen nicht zum Stillstand kommen. Da überzeugt man die Leute eben davon, daß sie eine Rüstung tragen müssen, und sperrt die ins Gefängnis, die nicht gehorchen.«

Neu war das alles nicht: es waren Betrachtungen, die Marta bereits gehört hatte, und sogar mehrfach, aber man weiß ja, oftmals geht auch geistreichen Typen wie Roberto der Stoff aus, und überhaupt, wer Allbekanntes wiederholt, der geht auf Nummer Sicher, und es kommt nicht zu peinlichen Gesprächspausen.

»Ich hingegen muß sagen«, warf Elena ein, »daß ich mich in meinem Panzer wohl fühle. Und nicht, weil ich das in den Frauenzeitschriften gelesen hätte: Nein, ich fühle mich wirklich darin wohl, so wie man sich daheim wohl fühlt.«

»Du fühlst dich darin wohl, weil du einen wunderschönen Panzer hast: überhaupt, entschuldige, wenn ich es dir noch nicht gesagt habe, aber er ist wirklich eine Pracht«, sagte Marta ganz aufrichtig. »Ich habe noch nie einen von so gutem Schnitt gesehen: er wirkt wie Maßarbeit.«

Roberto räusperte sich, und Marta begriff, daß sie in ein Fettnäpfchen getreten war, wenn auch in kein gar zu großes. Elena lachte, selbstsicher und nachsichtig: »Das ist er auch, es ist Maßarbeit!« Sie schickte einen dankbaren Blick zu Roberto hinüber und fuhr fort: »Du weißt doch, er hat so seine Beziehungen in den Kreisen der Turiner Panzerfabrikanten ... Aber nicht deswegen habe ich gesagt, daß ich mich darin wohl fühle; ich würde mich auch in einem x-beliebigen Panzer gut fühlen. Die Sache mit den MM glaub ich auch nicht so recht, ja eigentlich überhaupt nicht, und wenn ich höre, daß das alles ein Schwindel ist, damit General Motors weiter einen Haufen Geld verdient, dann krieg ich eine mächtige Wut, und doch ... und doch fühle ich mich mit Panzer wohl und ohne nicht, und Leute wie mich gibt es eine ganze Menge, das kann ich euch versichern.«

»Das beweist gar nichts«, erwiderte Marta. »Sie haben ein Bedürfnis geweckt. Es ist nicht der erste Fall: Auf das Wecken von Bedürfnissen verstehen sie sich prächtig.«

»Ich glaube nicht, daß es bei mir ein künstliches Bedürfnis ist: Wenn dem so wäre, würde es wer weiß wie viele Leute geben, die ohne oder mit einem nicht vorschriftsmäßigen Panzer ertappt würden; ja, dann hätten sie noch nicht einmal das Gesetz durchgekriegt, oder die Leute hätten einen Aufstand gemacht. Bei mir dagegen ... es ist Tatsache, ich fühle mich darin ... wie soll ich sagen?«

»Snug«, warf Roberto ironisch ein; er mußte das alles wohl schon öfters gehört haben.

»Wie?« fragte Enrico zurück.

»As snug as a bug in a rug. Das ist schwer zu übersetzen, und auch ein bißchen beleidigend: aber nicht alle *bugs* sind Käfer.«

»Für mich jedenfalls«, fuhr Elena fort, »trifft es zu: ich fühle mich darin so behaglich wie ein Käfer in einem Teppich. Ich fühle mich geschützt wie in einer Festung, und wenn ich abends ins Bett gehe, lege ich ihn ungern ab.«

»Geschützt wogegen?«

»Ich weiß nicht – gegen alles. Gegen die Menschen, gegen den Wind, gegen Sonne und Regen. Gegen den Smog und die Luftverschmutzung und den radioaktiven Müll. Gegen das Schicksal und gegen alle andern Dinge, die man nicht sehen und nicht vorhersehen kann. Gegen böse Gedanken und gegen Krankheiten und gegen die Zukunft und gegen mich selbst. Ich glaube, wenn dieses Gesetz nicht erlassen worden wäre, ich hätte mir aus freien Stücken eine Rüstung zugelegt.«

Das Gespräch nahm eine gefährliche Wendung. Marta bemerkte es und lenkte es in stillere Wasser zurück, indem sie die Geschichte von Giulios Lehrer erzählte, der so geizig war, daß er, statt seine völlig verrostete Rüstung wegzuwerfen, sie außen und innen mit Mennige gestrichen und sich eine Bleivergiftung zugezogen hatte. Dann gab Enrico den Fall jenes Gerüstmonteurs aus Lodi zum besten, der in einen heftigen Regen geraten war, so daß sich seine Bolzen festfraßen, und dabei hatte er ein Rendezvous – das Mädchen hatte ihn mit dem Schweißbrenner aus dem Panzer befreien müssen und ihn dann ins Krankenhaus eingeliefert.

Schließlich verabschiedeten sich die beiden: Roberto zog den Eisenhandschuh aus, um Martas nackte Hand zu drücken, und Marta empfand eine kurze, intensive Lust, die sie mit einer unbestimmten, leuchtenden, schmerzfreien Traurigkeit erfüllte; diese Traurigkeit haftete ihr noch lange an, sie leistete ihr Gesellschaft in ihrer Rüstung und half ihr über mehrere Tage, zu leben.

Richtung Sonnenuntergang

»Leg die Filmkamera weg: Schau nur, schau mit eigenen Augen, und versuch sie zu zählen!«

Anna legte das Gerät weg und senkte den Blick hinab ins Tal: es war ein steiniges, enges Tal, das mit dem Hinterland nur durch eine viereckige Einkerbung verbunden war und zum Meer hin in einen weiten, schlammigen Strand auslief. Endlich, nach Wochen des Auflauerns und Verfolgens, hatten sie es geschafft: Das Heer der Lemminge tauchte, Woge um Woge, an dem Paß auf und wälzte sich den Hang hinunter, wobei es eine braune Staubwolke aufwirbelte; da, wo die Neigung sanfter wurde, verschmolzen die graublauen Massen wieder zu einem dichten Strom, der sich geordnet zum Meer hin ergoß.

Binnen weniger Minuten war der Strand überflutet: im warmen Licht des Sonnenuntergangs waren die einzelnen Nagetiere zu unterscheiden, wie sie, bis zum Bauch einsinkend, durch den Schlamm vorwärtskrochen; sie kamen nur mühsam voran, drängten aber unentwegt vorwärts, glitten dann ins Wasser und bewegten sich schwimmend weiter. Noch in hundert Meter Entfernung vom Uferstreifen sah man die Köpfe aus dem Wasser ragen, ein paar vereinzelte waren noch auf zweihundert Meter zu erkennen, wo die Wellen des Fjords sich brachen; weiter draußen war nichts mehr zu sehen. Am Himmel flitzte ein anderes Heer unruhig umher: eine Flottille von Raubvögeln, viele Falken, ein paar Bussarde, auch Sperber, Gabelweihen und andere Vögel, die die beiden Naturforscher nicht zu identifizieren vermochten. Sie kreisten da oben, kreischten und hackten nach einander; ab und zu stürzte einer wie ein Stein nach unten, bremste mit plötzlichem Rudern der Schwingen und landete, angelockt von einem unsichtbaren Ziel, und um ihn herum gabelte sich die Flut der Lemminge wie um eine Insel.

»Also«, sagte Walter, »jetzt haben wir es auch gesehen. Von jetzt an ist alles anders: Wir haben keine Ausflüchte mehr. Es ist etwas, was existiert, was in der Natur existiert, seit ewigen Zeiten existiert, darum muß es eine Ursache haben, und darum muß diese Ursache gefunden werden.«

»Eine Herausforderung, nicht wahr?« sagte Anna in fast mütterlichem Ton; aber Walter fühlte sich bereits mitten im Kampf und gab keine Antwort. »Los«, sagte er, nahm das Netz für den Fang und rannte wie im Fluge den Hang hinunter, bis dahin, wo die schnellsten Lemminge ihm zwischen den Beinen durchflitzten, ohne irgendwelche Angst zu bekunden. Er fing vier Tiere, dann aber kam ihm der Gedanke, daß die, welche auf halber Höhe liefen, vielleicht nicht den Durchschnitt repräsentierten: es mochten die kräftigsten oder die jüngsten oder die entschlossensten sein. Er ließ drei wieder frei, bewegte sich dann inmitten des grauen Gewimmels vorwärts und fing, an verschiedenen Stellen des Tals, fünf weitere. Dann klomm er den Hang zum Zelt wieder empor, mit den sechs kleinen Tieren im Beutel. Sie gaben ein leises Pfeifen von sich, bissen sich aber nicht.

»Die armen Viecher!« sagte Anna. »Aber sie wären ja ohnehin ums Leben gekommen.« Walter saß bereits am Funkgerät, um den Helikopter der Forstwacht herbeizurufen. »Sie kommen morgen früh«, sagte er, »jetzt können wir essen.« Anna hob die Augen mit einem fragenden Blick, Walter sagte: »Nein, verflixt, noch nicht. Überhaupt, gib auch ihnen etwas zu fressen, aber nicht viel, damit die natürlichen Bedingungen nicht verfälscht werden.«

Drei Tage später führten sie ein langes Gespräch darüber mit Professor Osiasson, bei dem aber nicht viel herauskam. Sie kehrten in ihr Hotel zurück.

»Was hast du denn von ihm erwartet? Daß er Kritik an der Theorie übt, die er selber aufgestellt hat?«

»Nein«, sagte Walter, »aber daß er doch wenigstens über meine Einwände nachdenkt. Es ist leicht, in seiner ganzen beruflichen Laufbahn mit bestem Gewissen immer dieselben Dinge zu wiederholen: man braucht sich nur den neuen Tatsachen zu verweigern.«

»Bist du dir der neuen Tatsachen so sicher?«

»Ich bin mir heute sicher und werde es auch morgen sein. Du hast es ja selbst gesehen: Die sechs, die wir gefangen haben, am Ende ihres Marsches, waren bestens ernährt: achtundzwanzig Prozent Fett, mehr als der durchschnittliche Fettanteil bei den Lemmingen, die wir auf den Hochflächen gefangen haben. Aber wenn das nicht ausreicht, kehre ich noch einmal zurück ...«

»Wir kehren noch einmal zurück.«

»... wir kehren noch einmal zurück und fangen sechzig oder sechshundert, und dann wollen wir doch mal sehen, welcher Osiasson immer noch zu behaupten wagt, daß sie vom Hunger getrieben werden.«

»Oder von der Überpopulation ...«

»Das ist Blödsinn. Kein Tier, das mit anderen zusammengepfercht wird, kann darauf mit noch stärkerem Zusammendrängen reagieren. Die Tiere, die wir gesehen haben, kamen aus allen Winkeln des Hochlandes, und doch sind sie nicht voreinander geflüchtet, sondern sie haben einander gesucht, Sippe zu Sippe, Tier zu Tier. Sie sind zwei Monate gelaufen, immer nach Westen, und jeden Tag war der Strom dichter.«

»Und weiter?«

»Und weiter... siehst du, das weiß ich noch nicht, ich

kann meine Gedanken noch nicht exakt formulieren, aber ich ... ich glaube, daß sie wirklich sterben wollen.«

»Weshalb sollte ein lebendes Wesen sterben wollen?«

»Und weshalb sollte es leben wollen? Weshalb sollte es *immer und ewig* leben wollen?«

»Weil ... nun, das weiß ich nicht, aber wir wollen doch alle leben. Wir sind am Leben, weil wir leben wollen. Es ist eine Eigenschaft der lebenden Substanz; ich will leben, das kann ich nicht bezweifeln. Das Leben ist besser als der Tod: Das erscheint mir als ein Axiom.«

»Und du hast niemals daran gezweifelt? Sei ehrlich!«

»Nein, nie.« Anna überlegte, dann setzte sie hinzu: »Fast nie.«

»Du hast gesagt: *fast.*«

»Ja, du weißt doch. Nach der Geburt von Mary. Es hat nicht lange angehalten, ein paar Monate, aber es war sehr schlimm: Mir war, als käme ich da nie wieder raus, als würde ich immer so bleiben.«

»Und was hast du gedacht in jenen Monaten? Wie hast du die Welt erlebt?«

»Ich erinnere mich nicht mehr. Ich habe alles getan, um es zu vergessen.«

»Was zu vergessen?«

»Dieses Loch. Diese Leere. Diese Empfindung von ... Unnützsein, mit all dem Unnützen ringsum, ertrinkend in einem Meer von Unnützem. Allein zu sein auch mitten in einer Menschenmenge, lebendig eingemauert zu sein inmitten aller lebendig Eingemauerten. Aber hör damit auf, bitte, lassen wir das. Bleib bei den allgemeinen Fragen.«

»Laß mich mal überlegen ... hör zu, probieren wir es doch mal so: Die Regel ist, daß jeder von uns Menschen, aber auch die Tiere und ... jawohl, auch die Pflanzen, jedes Lebewesen, ums Leben kämpft und nicht weiß, warum. Das Warum ist einer jeden Zelle eingeschrieben, aber in einer

Sprache, die wir mit unserem Verstand nicht lesen können; wir lesen es aber mit unserem ganzen Sein und gehorchen der Botschaft mit unserem gesamten Verhalten. Aber die Botschaft kann mehr oder weniger zwingend sein: Es überleben die Arten, bei denen die Botschaft tief und deutlich eingeprägt ist, die anderen sterben aus, sind ausgestorben. Aber auch da, wo die Botschaft klar ist, können Leerstellen auftreten. Es können einzelne Exemplare ohne Liebe zum Leben geboren werden; anderen kann diese Liebe abhanden kommen, über kürzere oder längere Zeit, vielleicht sogar für die ganze ihnen verbleibende Lebenszeit; und schließlich ... nun, vielleicht habe ich es jetzt: Sie kann abhanden kommen auch bei Gruppen von Individuen, bei Epochen, Nationen, Familien. Das sind Dinge, die man schon erlebt hat: die Geschichte der Menschheit ist voll davon.«

»Gut. Jetzt ist ein Anschein von Ordnung vorhanden: du kommst der Sache näher. Aber nun mußt du mir erklären, nein, du mußt dir selbst erklären, wie diese Liebe in einer Gruppe erlöschen kann.«

»Darüber werde ich später nachdenken. Jetzt wollte ich dir noch sagen, daß es zwischen dem, der die Liebe zum Leben besitzt, und jenem, dem sie abhanden kam, keine gemeinsame Sprache gibt. Dasselbe Ereignis wird von beiden auf zwei verschiedene Weisen geschildert, die beide nichts miteinander gemein haben: Der eine zieht Freude daraus, der andere Qual, jeder gewinnt ihm eine Bestätigung der eigenen Weltsicht ab.«

»Es können nicht beide recht haben.«

»Nein. Im allgemeinen, das weißt du ja, und man muß den Mut haben, es auszusprechen, im allgemeinen haben jene andern recht.«

»Die Lemminge?«

»Sagen wir ruhig so: nennen wir sie die Lemminge.«

»Und wir?«

»Wir haben unrecht, und wir wissen es auch, aber wir finden es angenehmer, die Augen davor zu verschließen. Das Leben hat *keinen* Zweck; das Leid überwiegt stets die Freude; wir sind allesamt zum Tode Verurteilte, denen das Hinrichtungsdatum noch nicht bekanntgegeben wurde; wir sind dazu verdammt, das Ende der uns liebsten Menschen mitzuerleben; es gibt Dinge, die ein Gegengewicht bilden, aber sie sind spärlich gesät. Wir wissen das alles, und doch schützt uns etwas, hält uns aufrecht und dem Untergang fern. Worin besteht dieser Schutz? Vielleicht nur in der Gewohnheit: der Gewohnheit zu leben, die man mit der Geburt erwirbt.«

»Meiner Ansicht nach ist der Schutz nicht bei allen gleich. Manche finden eine Schutzwehr in der Religion, andere im Altruismus, die dritten im Stumpfsinn, die vierten im Laster, und manchen gelingt es, sich ununterbrochen abzulenken.«

»Stimmt alles«, sagte Walter. »Ich könnte hinzufügen, daß die gewöhnlichste und am wenigsten verächtliche Schutzwehr auf unserer essentiellen Unkenntnis der Zukunft aufbaut. Und siehst du, auch hier besteht eine Symmetrie, gerade diese Ungewißheit ist es, die das Leben unerträglich macht für die ... für die Lemminge. Für alle anderen ist der Lebenswille etwas Tiefes und Wirres, etwas in uns und zugleich neben uns, abgeschieden vom Bewußtsein, gleichsam wie ein Organ, das normalerweise lautlos und diszipliniert funktioniert, dann nimmt man keine Kenntnis von ihm; aber es kann erkranken oder schrumpfen, es kann verletzt oder amputiert werden. Dann lebt man zwar weiter, aber schlecht, unter Mühen, unter Schmerzen, wie jemand, der den Magen oder einen Lungenflügel eingebüßt hat.«

»Ja«, sagte Anna, »das ist der wichtigste Schutz, der natürliche, der uns zusammen mit dem Leben geschenkt wird, damit uns das Leben erträglich wird. Aber es gibt noch andere, glaube ich: die, die ich vorher genannt habe.«

»Eben, es muß etwas geben, was allen Schutzwehren gemeinsam ist. Wenn wir imstande sein werden, die offene Frage zu beantworten, nämlich, was das ist, was innerhalb einer Gruppe wirkt, dann werden wir auch wissen, was den verschiedenen Schutzvorrichtungen gemeinsam ist. Man kann zwei Mutmaßungen anstellen: Die eine lautet, daß ein ›Lemming‹ alle seine Nachbarn ansteckt; die andere geht davon aus, daß es sich um eine Vergiftungs- oder Mangelerscheinung handelt.«

Nichts ist belebender als eine Hypothese. Binnen weniger Tage wurde das Labor der Forstwacht mobilgemacht, und die Befunde ließen nicht auf sich warten, aber sie waren über lange Zeit negativ. Das Blut der wandernden Lemminge glich dem der stationären Lemminge vollkommen, ebenso der Urin, die Quantität und die Zusammensetzung des Fetts, alles. Walter dachte nur noch an diese eine Sache und sprach von nichts anderem mehr. Eines Abends redete er darüber mit Bruno, sie saßen vor gefüllten Gläsern, und die Idee kam ihnen gleichzeitig.

»Das hier beispielsweise nützt etwas«, sagte Bruno. »Das ist eine alte Erfahrung, eine alltägliche Erfahrung.«

»Es ist eine sehr primitive Arznei. Alkohol ist nicht ungefährlich, er läßt sich schwer dosieren, und seine Wirkung hält nur kurze Zeit an.«

»Aber man könnte damit arbeiten.«

Tags darauf standen sie vor dem Lemminggehege im Park des Instituts. Sie hatten den Gitterzaun zur Meerseite hin verstärken und bis gut zwei Meter unter die Oberfläche einsenken müssen, weil die Tiere nicht zur Ruhe kamen: es waren nunmehr an die hundert Exemplare, und den ganzen Tag und die halbe Nacht drängten sie sich gegen das Gitter, schoben sich übereinander, versuchten hochzuklettern und sich gegenseitig wegzudrücken; einige gruben Gänge, die unweigerlich an dem in die Erde versenkten Gitter endeten, dann krochen sie rückwärts wieder heraus und begannen von vorn: die übrigen drei Seiten des Zauns blieben leer. Walter betrat das Gehege, fing vier der Tiere, beringte sie mit einer Kennmarke am Bein und verabreichte ihnen aus einer Sonde ein Gramm Alkohol. Als die vier wieder ins Gehege gesetzt waren, verharrten sie einige Minuten mit gesträubtem Fell und geweiteten Nüstern, dann entfernten sie sich und knabberten friedlich am Heidekraut; nach einer Stunde aber hatten sie, eines nach dem andern, wieder ihren Platz im Gewühl der Tiere eingenommen, die entschlossen waren, in Richtung Sonnenuntergang zu wandern. Walter und Bruno schlossen einhellig, das sei zwar noch nicht viel, aber immerhin eine Spur.

Nach einem Monat arbeitete die pharmakologische Abteilung auf Hochbetrieb. Das gestellte Thema war einfach und erschreckend: es galt, das Hormon zu ermitteln oder synthetisch herzustellen, das die Empfindung der existentiellen Leere hemmt. Anna war verwundert, und sie verhehlte es nicht.

»Und wenn wir es finden, haben wir dann eine Wohltat oder eine Übeltat vollbracht?«

»Für das Individuum sicher eine Wohltat. Ob eine Wohltat für die menschliche Gattung, bleibt zweifelhaft, aber dieser Zweifel ist ohne Einschränkung gültig: er betrifft jedes Medikament, nicht nur dieses. Jedes Arzneimittel, jeder ärztliche Eingriff macht aus einem untauglichen Wesen ein taugliches – möchtest du etwa alle Medikamente und alle Ärzte in Frage stellen? Die menschliche Spezies hat diesen Weg seit Jahrhunderten gewählt, den Weg des künstlichen Überlebens, und sie scheint dadurch nicht geschwächt worden zu sein. Die Menschheit hat der Natur schon seit geraumer Zeit den Rücken gekehrt; sie besteht aus Individuen und zielt gänzlich auf das Überleben des Individuums, auf die Lebensverlängerung und auf den Sieg über Tod und Schmerz.«

»Aber es gibt noch andere Methoden, den Schmerz, diesen Schmerz zu besiegen: andere Kämpfe, die ein jeder mit eigenen Mitteln, ohne Hilfe von außen durchfechten muß. Wer sie siegreich besteht, erweist sich als stark, und zugleich wird er dadurch auch stark, bereichert sich und verbessert seine Lebensumstände.«

»Und wer sie nicht siegreich besteht? Wer unterliegt, auf einen Schlag oder allmählich? Was wirst du sagen, was werde ich sagen, wenn auch wir uns unter denen befinden ... die in Richtung Sonnenuntergang laufen? Werden wir imstande sein, uns im Namen der Spezies und jener anderen zu freuen, die in sich die Kraft finden, die entgegengesetzte Richtung einzuschlagen?«

Es vergingen weitere sechs Monate, und das war für Anna und Walter eine einzigartige Zeit. Sie fuhren mit einem Linienschiff den Amazonas hinauf, dann mit einem kleineren Schiff den Rio Cinto entlang und schließlich in einer Piroge einen namenlosen Nebenfluß. Ihr Führer hatte ihnen versprochen, nach vier Tagen Reise würden sie am Ziel sein, aber erst am siebenten Tag überwanden sie die Stromschnellen von Sacayo und bekamen die Ansiedlung zu Gesicht. Sie vermochten aus der Ferne die verfallenden Bollwerke der spanischen Festung zu erkennen sowie ein weiteres Element der Landschaft, zu dem sie keinen Kommentar abgaben, weil es dessen nicht bedurfte und weil es für sie nicht neu war: Am Himmel wirbelte ein dichter Schwarm von Raubvögeln, dessen Zentrum genau über der Festung zu liegen schien.

Der Ort Arunde beherbergte die letzten Überreste des Stammes der Arunde; von dessen Existenz hatten sie rein zufällig, aus einem Artikel in einer anthropologischen Zeitschrift, erfahren. Die Arunde, die einstmals ein Territorium so groß wie Belgien bewohnt hatten, waren auf einen immer engeren Raum beschränkt, weil ihre Zahl ständig im Sinken begriffen war. Dies war nicht die Folge von Krankheiten oder Kriegen mit den Nachbarstämmen und auch nicht von unzureichender Ernährung, sondern ausschließlich ihrer extrem hohen Selbstmordrate; dies allein hatte Walter bewogen, die Mittel zur Finanzierung der Expedition zu beantragen.

Sie wurden vom Dorfältesten empfangen, der erst neununddreißig Jahre alt war und ein korrektes Spanisch sprach. Walter, der alles Vorgeplänkel verabscheute, steuerte sogleich auf den Kern zu: er erwartete, bei seinem Gegenüber auf Zurückhaltung, Scham, vielleicht auch Argwohn oder Kühle angesichts der unbarmherzigen Neugier eines Fremden zu stoßen, und sah sich statt dessen einem Mann gegenüber, der gelassen, selbstbewußt und gereift wirkte, so als ob er sich auf dieses Gespräch jahrelang, vielleicht sein ganzes Leben lang vorbereitet habe.

Der Älteste erklärte ihm, daß die Arunde seit jeher frei waren von metaphysischen Vorstellungen: als einzige unter all ihren Nachbarn hatten sie weder Kirchen noch Priester, noch Medizinmänner, sie erwarteten Beistand weder vom Himmel noch von der Erde oder der Unterwelt. Sie glaubten nicht an Lohn und Strafe. Ihr Land war nicht arm, sie hatten gerechte Gesetze, eine humane und gut funktionierende Verwaltung; sie kannten weder Hunger noch Zwietracht, besaßen eine reiche und eigenständige Volkskultur und veranstalteten zu ihrem Vergnügen häufig Feste und Festmähler. Als Walter den Dorfältesten nach dem ständigen Sinken der Bevölkerungszahl befragte, erwiderte jener, er sei sich des fundamentalen Unterschieds zwischen ihren Überzeugungen und denen der anderen Völker, der nahen wie der fernen, von denen er Kenntnis erhalten hatte, wohl bewußt.

Die Arunde, so erklärte er, maßen dem individuellen Überleben wenig und dem nationalen überhaupt keine Bedeutung bei. Ein jeder von ihnen wurde von Kindheit an dazu erzogen, das Leben allein nach den Kriterien von Lust und Schmerz zu bewerten, wobei selbstverständlich auch die Freuden und die Schmerzen einbezogen wurden, die das Verhalten jedes einzelnen bei seinem Nächsten bewirkte. Sobald, nach dem Urteil des jeweiligen Individuums die Bilanz dauerhaft zum Negativen hin tendierte, wenn also der Bürger vermeinte, mehr Schmerzen als Freuden zu empfinden und zu verursachen, wurde er zu einem offenen Gespräch vor den Rat der Alten geladen, und wenn seine Einschätzung Billigung fand, dann wurde er in seiner Schlußfolgerung bestärkt, und deren Ausführung wurde ihm erleichtert. Nach dem Abschied wurde er in das Gebiet der Ktan-Felder geleitet: Ktan ist ein im Lande weitverbreitetes Getreide, sein Korn wird, nach dem Aussieben und Mahlen, zur Herstellung einer Art Fladen verwendet. Ungesiebt ist es vermischt mit dem winzig kleinen Samen einer giftigen Grassorte, dem berauschende und toxische Wirkung innewohnt.

Der Mann wird den Ktan-Bauern anvertraut: Er ernährt sich von Fladen aus ungesiebtem Korn und erreicht binnen weniger Tage oder weniger Wochen, nach eigener Wahl, einen Zustand angenehmer Betäubung, dem die endgültige Ruhe folgt. Wenige werden anderen Sinnes und kehren von den Ktan-Feldern in die befestigte Siedlung zurück: sie werden mit herzlicher Freude wiederaufgenommen. Es besteht ein Schmuggel mit ungesiebtem Korn in Richtung Stadt, doch er ist nicht von besorgniserregendem Ausmaß und wird geduldet.

Bei ihrer Rückkehr sahen sich Anna und Walter mit einer großen Neuigkeit konfrontiert. Die »fehlende Substanz« war gefunden worden: genauer gesagt, sie war zunächst aus dem Nichts, durch Synthese erzeugt worden, als Ergebnis einer mühseligen Arbeit des Ausscheidens unzähliger Verbindungen, von denen anzunehmen war, daß sie auf das Nervensystem eine spezifische Wirkung ausübten; kurz darauf war sie im normalen Blut aufgefunden worden. Seltsamerweise hatte Bruno mit seiner Intuition ins Schwarze getroffen: Die Verbindung mit der stärksten Wirkung war tatsächlich ein Alkohol, wenn auch von recht kompliziertem Aufbau. Seine Dosierung war sehr niedrig, so niedrig, daß der Mißerfolg der Analytiker verständlich wurde, die ihn nicht als normalen Bestandteil im Blut der gesunden Säugetiere, einschließlich des Menschen, aufgefunden hatten und somit sein Fehlen im Blut der Wanderlemminge nicht feststellen konnten. Walter hatte seine Viertelstunde Erfolg und Ruhm: Die Blutproben, die er den Arunde entnommen hatte, enthielten auch nicht eine Spur der wirkenden Substanz.

Diese, man hatte sie als Faktor L bezeichnet, wurde alsbald in Pilotserie hergestellt. Sie wurde auf oralem Wege verabreicht und erwies sich von wundersamer Wirkung bei Wiederherstellung des Lebenswillens in Subjekten, denen dieser abging oder die ihn in der Folge von Krankheiten, Unglücksfällen oder Traumata verloren hatten; bei den übrigen rief sie in normalen Dosen keine nennenswerten Wirkungen und ebensowenig Anzeichen von Sensibilisierung oder Konzentration hervor.

Daß dies durch eine Erprobung erhärtet werden mußte, leuchtete sogleich allen ein: ja, durch eine doppelte Erprobung, an den Wanderlemmingen selbst und an den ihnen ähnelnden Menschen. Walter sandte an den Ältesten der Arunde ein Paket mit einer Dosis des Faktors L, ausreichend für hundert Individuen über die Zeit von einem Jahr; mit getrennter Post schickte er ihm einen langen Brief, in dem er ausführlich darlegte, wie das Medikament zu verabfolgen war, und bat ihn, das Experiment auch auf die Besucher der Ktan-Felder auszudehnen; aber er hatte keine Zeit, die Antwort abzuwarten, denn die Forstwacht hatte ihm signalisiert, daß eine Riesenherde von Lemmingen sich in raschem Tempo der Mündung der Mölde am Ausgang des Penndal-Fjords nähere.

Es war keine leichte Arbeit: Walter mußte sich, außer der begeisterten Unterstützung durch Anna, noch der Hilfe von vier jungen Assistenten bedienen. Glücklicherweise war der Faktor L wasserlöslich, und Wasser war an Ort und Stelle ausgiebig vorhanden. Walter hatte sich vorgenommen, die Lösung noch vor dem Paß, wo dichtes Heidekraut wuchs, zu versprühen, weil anzunehmen war, daß die Lemminge dort verweilen und von dem Kraut fressen würden, aber das Vorhaben erwies sich sogleich als undurchführbar; das Gebiet war zu ausgedehnt, und die Lemmingherden näherten sich bereits, angekündigt von hoch aufwirbelnden Staubwolken, bemerkbar auf zwanzig Kilometer Entfernung.

Da beschloß Walter, die Lösung direkt auf die Herden zu versprühen, und zwar an dem Durchlaß unmittelbar unterhalb des Passes, den sie zwangsläufig durchqueren mußten. Er konnte so zwar nicht die gesamte Population behandeln, meinte aber, die Aktion würde dennoch zur Demonstration der Wirkung taugen.

Die ersten Lemminge erreichten den Paß gegen neun Uhr morgens; um zehn war das Tal bereits voll von ihnen, und der Strom schwoll noch immer an. Walter stieg, das Sprühgerät auf dem Rücken festgeschnallt, in das Tal hinab; er suchte festen Halt an einem Felsblock und öffnete das Ventil für das Treibmittel. Es war windstill: Vom oberen Ende des Hanges sah Anna deutlich, wie die weißliche Wolke aufstob und sich über das ganze Tal ausbreitete. Sie sah, wie die graue Flut wirbelnd zum Stillstand kam, gleich dem Wasser eines Flusses vor einem Brückenpfeiler: Die Lemminge, die die Lösung eingeatmet hatten, schienen unsicher, ob sie weiterlaufen, anhalten oder den Hang wieder emporklimmen sollten. Doch da wälzte sich eine zweite gewaltige Welle anstürmender Körper über die erste und danach eine dritte über die zweite, so daß die brodelnde Masse Walter schon bis zur Hüfte reichte; sie sah, wie er die freie Hand rasch durch die Luft schwenkte, in wirren, krampfhaften Bewegungen, die ihr wie ein Hilferuf vorkamen, dann sah sie ihn taumeln, losgerissen vom Schutz des Felsbrockens, sah, wie er stürzte und mitgeschleift wurde, begraben und weitergeschleift, ab und zu noch erkennbar als ein Buckel unter der Flut der zahllosen verzweifelten kleinen Geschöpfe, die dem Tod entgegenrannten, ihrem Tod und seinem Tod, dem Sumpf und dem nahen Meer entgegen.

Am selben Tag traf, zurückgeschickt an den Absender, das Paket ein, das Walter über den Ozean gesandt hatte. Anna gelangte erst drei Tage später in seinen Besitz, als Walters Leichnam schon geborgen war: Es enthielt eine lakonische Botschaft, gerichtet an Walter *»y a todos los sabios del mundo civil«**. Sie lautete wie folgt: »Das Volk der Arunde, das bald schon kein Volk mehr sein wird, grüßt Euch und dankt Euch. Wir wollen Euch nicht beleidigen, aber wir schicken Euch Eure Arznei zurück, damit Nutzen davon habe, wer unter Euch sie will: Wir ziehen die Freiheit der Droge vor und den Tod der Illusion.«

* (span.) und an alle Weisen der zivilisierten Welt

Die Synthetischen

Es war gegen Mittag; schon lag in der Luft jenes wirre, aber eigentümliche Geräusch, bestehend aus tausend verschiedenen Worten und kaum merklichen Handlungen, das von den Schulzimmerwänden auszustrahlen scheint, wie ein Wind anschwillt und im Schlußklingeln seinen Höhepunkt erreicht; Mario und Renato jedoch schrieben noch an den letzten Zeilen auf ihrem Blatt. Mario setzte den Punkt und stand auf, um abzugeben; Renato raunte ihm – mit unverhohlenen Hintergedanken – zu: »Ich geb jetzt auch ab. Mir fehlt die letzte Frage, die weiß ich nicht, aber besser gar nichts als falsch.«

Mario antwortete flüsternd: »Zeig mal ... Ist doch nicht schwer, los, schreib: Grenzt im Norden an Italien, Österreich und Ungarn, im Osten an Rumänien und Bulgarien, im Süden ...«

In dem Augenblick ertönte, wie ein Zeichen vom Himmel, die Klingel: Das wirre Geräusch verwandelte sich schlagartig in gellendes Getöse, die Stimme der Lehrerin drang nur noch mit Mühe hindurch: Sie forderte alle auf, ihre Arbeiten abzugeben, ob fertig oder nicht. Das turbulente Gewimmel der Kinder ergoß sich in den Flur, dann auf die Treppen, gleich darauf waren sie auf der Straße. Renato und Mario machten sich auf den Heimweg; nach ein paar Schritten bemerkten sie, daß Giorgio ihnen hinterherrannte. Renato drehte sich um und rief: »Los, lauf, du Wurstpaket, beeil dich, wir haben Hunger ... jedenfalls ich hab Hunger; bei dem hier kann man das nie wissen. Vielleicht lebt der von der Luft.«

Mario reagierte nicht auf die Unterstellung, er erwiderte

nur: »Nein, heute hab ich auch Hunger. Und außerdem hab ich's eilig.«

Giorgio hatte sie nun eingeholt, er keuchte noch.

»Eilig warum?« fragte er. »Es ist doch noch nicht spät, und du bist ja gleich da.«

Mario erwiderte, es habe nichts mit spät zu tun oder mit Hunger, sondern er wolle am Nachmittag Raupen sammeln gehen: denn das war ein Tag für Raupen, heute würden sie schlüpfen, so gut wie sicher. Giorgio fragte lachend, ob die Raupen jeden Freitag schlüpften, und Mario gab ernst zur Antwort, gestern habe es geregnet und heute scheine die Sonne, und darum würde die Sorte Raupen, die ihn interessierte, schlüpfen. Renato kehrte, anders als Giorgio, den Gleichgültigen heraus: »Raupen, stell dir das vor! Und was machst du mit ihnen, wenn du sie gesammelt hast? Brätst du sie dir?«

Giorgio tat, als werde er von Ekel geschüttelt, und sagte: »Da darf ich gar nicht dran denken, so kurz vor dem Essen.«

Mario aber erklärte, er wolle sie züchten: sie in eine Schachtel tun, die er schon bereithielt, und warten, bis sie ihren Kokon bildeten. Giorgio war neugierig geworden: »Bilden sie alle einen Kokon? Und wie machen sie das? Geht das schnell? Wie lange brauchen sie dazu? Ist das so ein Kokon wie bei den Seidenraupen?« Renato pfiff derweil vor sich hin und schaute unbekümmert in die Runde, als ob er gar nicht zuhöre.

»Ich weiß nicht«, antwortete Mario. »Ich will ja gerade sehen, wie sie es machen: ob es genauso ist, wie in den Büchern steht. Ich habe ein Buch über Raupen.«

»Borgst du es mir?«

»Na klar, aber du mußt es mir zurückgeben.«

»Kannst dich drauf verlassen; du weißt doch, ich geb Bücher immer zurück ... Hör mal, könnte ich heute nicht mitkommen?«

Mario zog ein erstauntes Gesicht oder vielmehr ein Gesicht, das erstaunt wirken sollte: »Hm ... das weiß ich noch nicht. Ich weiß noch nicht, wohin ich gehe: das hängt davon ab, ob ich mit dem Rad fahren darf. Ruf mich gegen drei an.«

Renato warf höhnisch ein: »«Also schau dir den Typ an. Da hast du's so eilig, und dann hockst du noch bis um drei zu Hause; ich wette, du machst womöglich schon die Hausaufgaben. Na, nun hast du einen Kumpan gefunden, was? Mit dem du Raupen sammeln und sie in eine Schachtel tun kannst: Ist mir ein schöner Zeitvertreib.«

Giorgio kam Mario zu Hilfe: »Na und? Der eine tut dies gern, der andere das: wir sind ja nicht alle gleich. Mich zum Beispiel interessieren sie auch, die Raupen.«

Renato blieb stehen, blickte die beiden andern unwirsch an und sprach dann mit wohlberechneter Langsamkeit: »Ich wollte damit sagen, das ist genau der richtige Zeitvertreib für einen wie den.«

Mario gehörte nicht zu den Schlagfertigen. Er zögerte einen Augenblick, dann fragte er unsicher: »Was soll das heißen, für einen wie mich?«

Renato kicherte, und Mario fuhr fort: »Ich bin genauso einer wie alle andern: Du interessierst dich für Volleyball, Giorgio sammelt Briefmarken, und ich beschäftige mich mit Raupen. Und nicht bloß mit Raupen: auch mit Fotografie zum Beispiel, das wißt ihr doch ...«

Aber Renato fiel ihm ins Wort: »Ach komm, nun stell dich nicht so dumm! Die ganze Klasse hat es schon gemerkt.«

»Was gemerkt?«

»Daß ... daß du nicht so beschaffen bist wie die andern.«

Mario schwieg, an seinem wunden Punkt getroffen: Das stimmte, dieser Gedanke beherrschte ihn selber oft, er entkam ihm nur, wenn er bedachte und sich immer wieder sagte, daß kein Mensch ganz genauso beschaffen sei wie ein anderer. Doch er fühlte sich noch zusätzlich »andersartig«, möglicherweise sogar besser, doch oft litt er darunter. Seine Verteidigung fiel schwach aus: »Blödsinn! Ich weiß nicht, wie du auf solche Ideen kommst. Wieso soll ich nicht so sein wie die andern?«

Renato hatte sich nun in den tugendhaften Zorn eines Menschen hineingesteigert, der entdeckt, daß sein Nächster ein Gebot übertreten hat: »Wieso? Und wieso spielst du jetzt den Unschuldigen? Hast du uns nicht selber erzählt, daß dein Papa und deine Mama nicht in der Kirche heiraten wollten? Und was hast du für eine Krankheit gehabt voriges Jahr, als du einen Monat gefehlt hast? Und als du wieder gesund warst, hast du mit niemand darüber gesprochen, und deine Mama hat dich in die Schule gebracht und lange und eindringlich mit der Lehrerin geredet, und wenn jemand dazukam, sprach sie gleich von was anderem. Ist das etwa eine klare Sache, etwas ganz Normales?«

»Das geht nur mich etwas an. Ich war krank im vorigen Jahr und hab Medikamente gekriegt, so daß ich nachts nicht schlafen konnte, und da hat mich meine Mutter ärztlich untersuchen lassen. Das kann bei jedem vorkommen, daran ist wirklich nichts Besonderes.«

»Ach ja! Und beim Turnen? Das hab nicht bloß ich gesehen, daß du dich beim Ausziehen immer der Wand zudrehst. Und weißt du, warum? Weißt du es, Giorgio, weißt du, warum er das macht?« Er blieb stehen und fuhr dann mit feierlicher Betonung fort: »Weil Mario keinen Bauchnabel hat, darum! Hast du denn das noch nicht mitgekriegt?«

Giorgio merkte, daß er heftig errötet war, er erwiderte, doch, ihm sei schon aufgefallen, daß Mario sich nicht gern beim Umziehen zuschauen lasse, aber er habe sich nichts weiter dabei gedacht. Er hatte das Gefühl, daß er jetzt Verrat übte an Mario, aber er fühlte sich von Renatos Selbstsicherheit erdrückt. Mario zitterten vor Zorn, Angst und Ohnmacht die Knie. »Das sind alles Lügen, alles dumme Erfindungen. Ich bin genauso beschaffen wie ihr andern, wie alle, ich bin bloß ein bißchen magerer. Und ich zeig es euch, wenn ihr wollt, und wenn's sein muß, sofort!«

»Schöner Einfall, hier auf der Straße! Aber ich nehm dich beim Wort: Am Dienstag, wenn wir Turnen haben, werden wir sehen, ob du Mumm hast. Dann werden wir sehen, wer die Wahrheit sagt.«

Mario war vor seiner Haustür angekommen: er verabschiedete sich brüsk und ging hinein. Die beiden andern setzten ihren Weg fort, Giorgio schwieg nachdenklich. Er war schockiert, aber zugleich von dem Thema fasziniert: »... Ich habe ja gesagt, weil ich dir recht geben wollte ... und außerdem stimmt es, daß Mario sich nicht gern beim Ausziehen zuschauen läßt ... aber die Geschichte mit dem Bauchnabel hab ich nicht kapiert. Meintest du das ernst, oder war es bloß, um ihn zu ärgern? Also: Hat er einen, oder hat er wirklich keinen? Und wenn nicht, was bedeutet das? Inwiefern ist er ein anderer, weil er keinen hat?«

»Aber sag mal, du bist doch auch schon zwölf! Und liest du keine Zeitungen? Weißt du nicht, daß der Bauchnabel die Geburtsnarbe ist, also das, was beim Kind zurückbleibt, wenn es von einer Frau geboren worden ist? Hast du dir mal die Bilder genau angeguckt, wo die Erschaffung Adams gezeigt wird? Adam war nicht von einer Frau geboren, und darum hat er diese Narbe nicht.«

»Na schön, aber seither werden doch alle Kinder von Frauen geboren. Das ist doch immer so gewesen.«

»Und jetzt ist es eben nicht mehr so. Man merkt, daß sie dir noch keine Zeitungen in die Hand geben. Hast du jemals was von der Pille und von der Retorte und von der Spritze gehört? Na also, auf die Weise ist Mario geboren worden, er und noch etliche andere. Er ist nicht in einer Klinik zur Welt gekommen, sondern in einem Laboratorium; ich hab das mal im Fernsehen gesehen. Das gibt's in Amerika, aber bald werden sie auch bei uns eines einrichten. Es ist eine Art Brutapparat, so ein Ding wie für die Küken, und darin sind viele Retorten, und in den Retorten liegen die Kinder; und wenn sie größer werden, setzen sie sie in immer größere Retorten um. Dazu kriegen sie ultraviolettes und noch anderes buntes Licht, das muß sein, damit die Kinder nicht blind werden, und ...«

»Und was hat die Pille damit zu tun? Ist die nicht dafür, daß die Frauen keine Kinder bekommen?«

Renato war einen Augenblick außer Tritt gekommen, saß aber gleich wieder fest im Sattel: »Die Pille ... ja, stimmt, das ist was andres, da hab ich was durcheinandergebracht. Aber in die Retorten tun sie auch Pillen: rote, damit Jungen kommen, und blaue für Mädchen. Die tun sie gleich von Anfang an da rein, in die allererste Retorte, zusammen mit den Keimzellen. Ich meine, mit den Chromosomen, ach, du weißt schon. Es stand auch in der Zeitung, unter ›Neues aus der Wissenschaft‹: Und sie haben da eine Art Code, so was Ähnliches wie eine Speisekarte, aus dem die Eltern, aber es sind ja keine richtigen Eltern, also der Mann und die Frau, die das Kind haben wollen, auswählen können: Augen, Haare, Nase und alle sonstigen Besonderheiten, ob das Kind mager sein soll oder dick, und so weiter.«

Giorgio hörte gespannt zu, aber als ein Junge mit gesundem Menschenverstand wollte er sich nicht gern hereinlegen und einen gar zu dicken Bären aufbinden lassen: »Und die Spritze? Vorhin hast du auch was von einer Spritze erzählt?«

»Weil das ganze System mit Hilfe von Spritzen funktioniert. Eine Spritze, um die Keimzellen zu entnehmen, eine zweite für die Nährlösung, und dann noch viele andere für sämtliche Hormone, für jedes Hormon eine, und wehe, wenn sie verwechselt werden, so kommen nämlich manchmal Mißgeburten zustande. Du kannst dir vorstellen, es ist ein unheimlich kompliziertes Verfahren. Und wenn sie bis zum letzten Stadium gelangt sind, wird die Retorte zerbrochen und das Kind den Eltern übergeben, und die ziehen es dann auf, und es wird gestillt und so weiter, wie ein natürliches Kind; und es ist ja auch genauso wie alle andern, bloß daß es eben keinen Nabel hat.«

»... wie Mario. Und du bist wirklich sicher, daß er keinen hat?«

Renato war von seiner Erklärung selbst so vollkommen überzeugt worden, daß er eine grenzenlose Überzeugungskraft in sich verspürte: »Bis vor einer halben Stunde hatte ich nur so einen Verdacht, aber jetzt bin ich mir sicher. Hast du nicht gesehen, wie er rot geworden ist, als ich es ihm ins Gesicht hinein gesagt habe? Und wie eilig er es hatte, zu verschwinden? Fast hätte er geheult.«

»Daran sieht man, daß er sich eigentlich dafür schämt«, meinte Giorgio in versöhnlichem Ton. »Der arme Kerl, er tut mir sogar ein bißchen leid; ich bin zuerst auch rot geworden, eben weil er mir leid tat. Er ist doch nicht schuld daran, er hat sich schließlich eine solche Geburt nicht ausgesucht. Wenn überhaupt jemand schuld ist, dann seine Eltern.«

»Mir tut er auch leid, aber bei den Typen heißt es aufpassen. Du mußt verstehen, sie sind nur von außen den andern gleich: Wenn du darauf achtgibst, merkst du das selber. Mario zum Beispiel: Schau genau hin, und du wirst sehen, daß er andere Sommersprossen hat als alle übrigen, sogar auf den Augenlidern und auf den Lippen; seine Fingernägel sind stets bedeckt mit lauter kleinen weißen Flecken, du weißt schon, was die bedeuten; und das R spricht er auf eine Art, daß man sich erst dran gewöhnen muß, um es zu verstehen und um nicht lachen zu müssen, und überhaupt hat er einen Akzent, daß man ihn unter tausend Leuten heraushören würde. Und kannst du mir erklären, warum er sich nie auf eine Keilerei einläßt, nicht mal zum Spaß, und warum er nicht schwimmen kann? Und radfahren kann er auch erst seit diesem Jahr, nachdem du es ihm beigebracht hast. Aber klar, in der Schule ist er gut und kann sich alles merken!«

Giorgio, dessen Gedächtnis nicht gerade das beste war, fragte beunruhigt: »Und was bedeutet das nun wieder?«

»Daß er ein magnetisches Gedächtnis hat, wie die Computer; da ist es keine Kunst mehr, sich alles zu merken! Ist dir nie aufgefallen, daß abends seine Augen leuchten wie bei den Katzen? Das ist dasselbe Licht wie bei den Uhren mit Leuchtzeigern, die sie jetzt eben verboten haben, weil man mit der Zeit Krebs davon kriegt. Wenn man sich's genau überlegt, sollte man vielleicht lieber nicht mit ihm zusammen auf einer Bank sitzen.«

»Und weshalb sitzt du dann noch mit ihm zusammen?«

»Weil ich noch nicht drauf gekommen war. Außerdem hab ich vor so was keine Angst, und Mario interessiert mich. Es interessiert mich, zu sehen, was er macht ...«

»... und außerdem interessiert es dich, von ihm abzuschreiben!«

»Klar, auch die Aufgaben von ihm abzuschreiben. Was findest du daran schlimm?«

Giorgio schwieg verwirrt. Er glaubte die ganze Geschichte ja nur zur Hälfte, aber sie machte ihn doch neugierig. Warum nicht mit Mario selbst darüber sprechen, ganz behutsam, ohne die Frage offen zu stellen?

Es vergingen zwei Wochen, und Mario war verändert, das mußte jedermann auffallen. Die Lehrerin hatte Karl den Großen durchgenommen, und ihr war quälend bewußt, daß sie wieder genau dieselben Worte verwendet hatte wie bei gleichem Anlaß in all den acht Jahren zuvor; ohne rechte

Überzeugung versuchte sie, den Kindern den Mythos vom Traum und von der Höhle beizubringen, und gab es sogleich wieder auf; schließlich verkündete sie, die letzten zehn Minuten würden für eine kurze mündliche Wiederholung verwendet. Sie schärfte ihr Gehör und ihren Blick: Wenn die Schule und die Welt so eingerichtet gewesen wären, wie sie sich das ersehnte, dann hätten die Kinder auf ihre Fragen in fröhlichem Wetteifer antworten müssen; statt dessen aber war nur ein Gesumm und Geraschel zu hören, bestehend aus Seufzern, heimlichem Aufklappen von Büchern unter der Bank und Zurückschieben von Ärmeln, um auf die Armbanduhren zu spähen: die Atmosphäre und die Stimmung in dem Schulzimmer verdüsterten sich.

Giuseppe wußte zu vermelden, die Untätigen Könige seien die Nachfahren von Chlodwig gewesen. Rodolfo antwortete auf ihre Frage nach Liutprand, er sei ein König gewesen, ohne irgendwelche weiteren Einzelheiten zu nennen; hinter ihm erhob sich eine fast sichtbare Wolke aus Geraun, aus der das Stereotyp »König der Langobarden« hervorklang, aber Rodolfo schnappte das nicht auf, sei es nun aus Hochmut oder aus Fairneß oder infolge von Taubheit und Angst vor nachfolgenden Scherereien. Sandro zeigte keinerlei Scheu in bezug auf Karl den Kahlen: er sprach gute vierzig Sekunden frei und locker über ihn, als ob es ein naher Verwandter von ihm gewesen wäre. Mario hingegen blieb wider Erwarten stecken; und dabei war sich die Lehrerin sicher, daß Mario die (im Grunde genommen höchst unwichtige) Tatsache wissen mußte, wer bei Poitiers die Araber besiegt hatte. Mario aber war aufgestanden und hatte kühl und dreist erklärt: »Ich weiß es nicht.« Und dabei hatte er es noch die Woche zuvor gewußt und es sogar noch dem Fragebogen hinzugefügt, obwohl es gar nicht gefragt gewesen war!

»Ich weiß nicht«, wiederholte Mario, den Blick starr nach unten gerichtet. »Ich habe es vergessen.«

Es gibt bestimmte Spielregeln, und sie hatte den Eindruck, daß Mario schummelte. Sie ließ nicht locker: »Los, denk nach: ein französischer Minister, oder genauer, ein ›Hausmeier‹ ... er bekam wegen dieses überwältigenden Sieges auch einen kuriosen Beinamen verliehen ...«

Sie hörte eine Stimme, wahrscheinlich die von Renato, zischen: »Los, sag es ihr! Warum sagst du es nicht?« Dann wieder Marios Stimme, störrisch und kalt: »Es ist sinnlos: ich hab es vergessen. Ich weiß es nicht mehr. Ich hab es nie gewußt.« Darauf zischten auf einmal viele Stimmen, darunter die von Renato: »Sag es ihr, sag es ihr doch! Warum sagst du es ihr nicht? Sie weiß es ohnehin schon, denkst du, sie hat es noch nicht gemerkt? Wenn du's ihr sagst, ist es besser für dich!« Das laute Wispern erfüllte das Klassenzimmer und ließ die Atmosphäre boshaft und stickig werden. Schließlich vernahm sie ihre eigene Stimme, zittrig und angestrengt, die etwas von sich gab wie: »... erklär mir doch mal, was mit dir los ist, Mario! Seit einiger Zeit bist du verändert, du bist zerstreut und lustlos. Oder vielleicht nur ein bißchen untätig, wie diese französischen Könige?« Und zuletzt erscholl, den bedrohlichen Lärmpegel der unruhigen, außer Rand und Band geratenen Klasse übertönend, die feste Stimme Marios, der noch immer dastand: »Ich bin nicht verändert. Ich war schon immer so.«

Sie wußte, daß es ihre Pflicht und zugleich das einzig Richtige war, Mario zu einem Gespräch unter vier Augen zu bestellen; doch gleichzeitig empfand sie in sich eine Furcht vor dieser Begegnung, darum suchte sie sie feige hinauszuschieben. Als jener Tag herankam, empfand sie sich seltsamerweise dem Jungen gegenüber als kleiner geworden: weniger streng, weniger ernst, leichtfertiger, weniger gewichtig. Doch sie war eine gewissenhafte Frau, darum spielte sie ihre Rolle, so gut sie es vermochte.

»... ich verstehe wirklich nicht, was dir in den Sinn gekommen ist. Du darfst dir nicht den Kopf verdrehen lassen, du bist ein intelligenter und begabter Junge, ich beobachte dich jetzt seit zwei Jahren und weiß, was du taugst. Dir fehlt nur ein bißchen Konzentration; vielleicht bist du überanstrengt? Oder krank? Oder zu Hause ist irgendwas nicht in Ordnung?«

Schweigen und dann, wie durch den Schlitz eines heruntergeklappten Visiers, die Antwort: »Nein, nein. Es ist alles in Ordnung. Ich bin nicht überanstrengt.«

»... oder ist da etwas, womit die Kinder dich aufziehen? Was haben sie zu dir gesagt ... hier in der Klasse? Ich habe bemerkt, daß Renato häufig mit dir redet und du dabei den Blick senkst? Vielleicht kränkt er dich? Oder er erzählt dir irgendwelchen Unsinn? Aber das sind alles bloß Späße, weißt du, wie Kinder sie so machen, unwichtiges Zeug: Du darfst dem keine Bedeutung beimessen, lach einfach darüber, und alles wird wieder wie vorher. Wenn du es so tragisch nimmst, dann ermunterst du sie nur zum Weitermachen.«

Sie hatte blindlings auf etwas getippt, doch ins Schwarze getroffen, das merkte sie sofort. Mario war blaß geworden und hatte den Blick zu ihr erhoben, mit der getrösteten und müden Gebärde eines Menschen, der einen Kampf aufgibt. Mit Mühe öffnete er die Lippen und sagte: »Es ist kein Unsinn. Es ist wahr. Ich bin nicht wie die anderen. Ich habe es schon seit einiger Zeit bemerkt.« Er lachte zaghaft: »Renato hat recht.«

»Du bist nicht wie die andern, wieso das? In welcher Beziehung fühlst du dich anders? Wenn überhaupt, dann bist du anders, weil du besser bist als sie; ich wüßte nicht, weshalb du darüber traurig sein solltest. Wenn du der Klassenletzte wärst ...«

»Darum geht es nicht. Ich bin anders, weil ich auf andere

Art zur Welt gekommen bin. Daran kann niemand mehr etwas ändern.«

»Du bist ... wie auf die Welt gekommen?«

»Ich bin synthetisch.«

Es blieb noch der Direktor, soweit ein Direktor überhaupt etwas nützen kann. Der ihrige war ein braver Mann und ein Freund, aber ein Direktor, auch der allerbeste, hat immer eine gewisse Schwelle hinter sich gelassen und versteht manche Dinge nicht mehr. Er riet ihr abzuwarten, wie die Sache sich entwickeln würde: ein wundervoller Rat! Und unterdes war Mario draußen auf dem Flur, und ihr schien, sie höre sein Hirn hilflos vor sich hin brummen, wie ein Moped im Leerlauf: brummen und klopfen und Fragen stellen, auf die es keine Antwort gab. Sie bat den Direktor um Erlaubnis, den Jungen hereinzurufen; er genehmigte es widerwillig. Mario trat ein und setzte sich, als ob er sich einem Exekutionskommando gegenübersähe. Der Direktor kam sich vor wie ein Schmierenschauspieler: »Hallo, Mario. Also, was ist? Was hast du uns zu erzählen?«

»Nichts.«

»Nichts ... ist zuwenig. Aus nichts wird nichts. Man hat mir berichtet, weißt du, daß dir so bestimmte Ideen im Kopf herumgeistern ... bestimmte komische Sachen, die man dir eingeredet haben muß ... und das wundert mich, es wundert mich wirklich, daß ein Junge wie du, einer, der logisch denken kann, auf so etwas hört. Was kannst du mir dazu sagen, du selber?«

»Nichts«, sagte Mario wieder.

»Hör zu, mein Junge, ich meine, daß du (und natürlich nicht nur du) dir den Kopf mit vielerlei Sachen vollgepfropft hast. Daß du, kurz gesagt, unter Überlastung leidest, so wie ... wie eine Telefonleitung. Du hast aus deiner Umwelt zu viel in dich aufgenommen: aus den Büchern, den Zeitungen, dem Fernsehen, dem Kino ... und auch aus der Schule, natürlich. Hab ich recht?«

Mario schwieg und starrte ins Leere, als ob er gar nicht nach einer Antwort suchen wollte. Der Direktor fuhr fort: »Aber wenn du nichts sagst ... wenn du mir nicht hilfst, damit ich dir helfen kann ... dann kommen wir nicht weiter: dann hab ich dir bloß eine weitere Lektion erteilt«, sagte er und lachte nervös, »noch eine mehr zu all den andern, die du schon aufnehmen mußt ... Anders: du fühlst dich also anders. Aber ein jeder von uns ist irgendwie anders, Himmelherrgott, und wehe, wenn wir das nicht wären: der eine ist dazu geboren, ein Wissenschaftler zu werden, wie du, stimmt's? Und ein anderer wird statt dessen ein braver Kaufmann, und für einen Dritten ist es das Beste, er beschränkt sich auf eine ... nun, auf eine bescheidenere Tätigkeit. Jeder von uns kann und muß etwas tun, um weiterzukommen, um sich zu bilden, aber der Boden dafür, die menschliche Substanz, ist bei jedem verschieden. Es mag ja ungerecht sein, aber so ist es nun mal, wir haben sie von unseren Eltern und Erzeugern beim Geburtsakt ererbt, und ...«

Mario fiel ihm mit beherrschter Stimme ins Wort: »Ist schon gut. Stimmt alles. Aber ich sollte jetzt gehen.«

Auf dem Schulhof spielten zwei Mannschaften, die sich spontan formiert hatten, Korbball, nicht gerade streng nach den Regeln, aber unter großem Geschrei; eine zweite Gruppe, fast mit der ersten vermengt, veranstaltete derweil einen Wettbewerb im Weitsprung, obwohl kaum Sand in der Sprunggrube war. In einer Ecke des Hofes stand Mario und sprach zu einem Grüppchen zufällig versammelter Zuhörer, die nicht seiner Klasse angehörten und eher verdutzt als aufmerksam waren.

Er erklärte ihnen: »... zur Zeit sind wir noch wenige, aber

später werden wir viele sein, und dann werden wir es sein, die befehlen, und es wird keine Kriege mehr geben. Jawohl, denn wir werden nicht gegeneinander kämpfen, wie es jetzt geschieht, und niemand kann uns überfallen, weil wir die Stärkeren sind. Und es wird keine Unterschiede mehr geben: Wir werden keine Unterschiede mehr machen, alle werden gleich sein, Weiße, Neger, Chinesen und auch die Indianer, die paar, die übriggeblieben sind. Wir werden alle Atombomben und Raketen vernichten, sie sind dann ohnehin zu nichts mehr nütze, und mit Hilfe des Urans, das wir daraus gewinnen, verteilen wir kostenlos Energie an alle Menschen, in der ganzen Welt; und auch Essen, kostenlos für alle, auch in Indien, so daß niemand mehr verhungern muß. Wir sorgen dafür, daß weniger Kinder geboren werden, so daß für alle Platz ist; und alle, die geboren werden, werden so geboren wie wir.«

»Und das heißt wie?« fragte eine schüchterne Stimme.

»So wie ich. Oder auch per Telefon oder per Funk: Ein Mann ruft eine Frau an, und danach kommt ein Kind zur Welt, aber nicht so aufs Geratewohl wie jetzt, es kommt geplant zur Welt ... Na? Ihr braucht mich gar nicht so anzugucken, ich bin eines der ersten, und bei mir haben sie vielleicht die Berechnungen noch nicht so gut hingekriegt; jetzt aber probieren sie ein neues System aus, und da werden die Kinder so genau berechnet wie Brücken, Zelle für Zelle, und man kann sie nach Maß konstruieren, so groß und stark und intelligent, wie man sie sich wünscht, aber auch gut und tapfer und gerecht. Man kann auch welche machen, die unter Wasser atmen können, wie die Fische, oder die fliegen können. Und so wird endlich Ordnung und Gerechtigkeit in die Welt kommen, und alle werden glücklich sein. Aber glaubt nur nicht, daß ich der einzige bin! Man braucht gar nicht so weit zu suchen ... die Scotti Masera zum Beispiel. Zuerst hatte ich nur so einen Verdacht, aber jetzt bin ich mir sicher. Sie kam mir gleich so vor, so wie sie spricht und wie sie geht, vor allem aber, weil sie nie wütend und laut wird. Keine Wut zu kriegen ist wichtig, es bedeutet, daß man die Selbstbeherrschung erlangt hat oder gerade dabei ist, sie zu erlangen. Wenn die Selbstbeherrschung vollkommen ist, dann kann man sogar das Atmen einstellen, man empfindet keinen Schmerz mehr, kann sein Herz stillstehen lassen ... also, daß sie eine von uns ist, habe ich neulich gemerkt, als sie mich zu sich bestellt hat.«

»So eine Alte?« fragte Giorgio und drängte in der immer größer gewordenen Zuschauerschar nach vorn.

»So alt ist sie gar nicht. Und was spielt das für eine Rolle, ob alt oder nicht alt?«

»Das spielt schon eine Rolle«, erklärte Giorgio geduldig. »Hast du nicht gesagt, daß man diese Sachen erst seit kurzem machen kann?«

Mario blickte ihn an, als sei er gerade aus dem Schlaf erwacht, doch er fing sich sofort wieder: »Ich weiß nicht, vielleicht ist sie gar nicht so alt, wie sie aussieht; es kann aber auch sein, sie ist so geboren.«

»Wie denn! Alt geboren ... ich will sagen, als ältere Frau?«

»Ich habe ›geboren‹ gesagt, um mich irgendwie auszudrücken, ihr versteht schon: sie ist so *konstruiert* worden, weil wir es eilig haben, weil wir nicht länger warten können. Es ist keine Zeit mehr zu verlieren: im Jahr Zweitausend sind wir zehn Milliarden Menschen, versteht ihr, zehn Milliarden! Und wenn keine Maßnahmen getroffen werden, kommt es soweit, daß wir uns gegenseitig auffressen. Aber auch wenn es nicht so schlimm kommen sollte, werden doch in der ganzen Welt die Luft und das Wasser verseucht sein: Die Luft ist dann nur noch Smog, selbst auf dem Gipfel des Mount Everest, und das Wasser wird ganz kostbar sein, weil die Quellen austrocknen. Das ist alles keine Erfindung, es passiert bereits jetzt. Darum müssen unbedingt sofort ältere Menschen auf die Welt kommen, Ingenieure und Biologen: man kann nicht abwarten, bis die Kinder, die heute geboren werden, herangewachsen und mit dem Studium fertig sind. Es würde dreißig Jahre dauern, ehe sie mit der Arbeit anfangen könnten. Und ebendarum müssen ... darum brauchen wir sofort ältere Menschen.«

Da stellte sich Renato vor ihn hin, mit gespreizten Armen, als wollte er einen angreifenden Stier zum Stehen bringen. Und er wollte ihn tatsächlich zum Schweigen bringen, denn er war erfüllt von Zorn und zugleich von einer unbestimmten Furcht: »Halt den Mund, du Quatschkopf! Erzähl hier keine Märchen, die Scotti ist kein Ingenieur und kein Biologe, sie ist nichts weiter als eine alte Hexe!«

Mario schrie seine Antwort so laut heraus, daß die Kinder auf dem ganzen Schulhof innehielten und sich nach ihm umdrehten: »Sie ist keine Hexe. Sie ist eine von uns: Ich hab sie im Flur getroffen, gestern erst, und da hat sie mir das Zeichen gegeben!«

»Was für ein Zeichen?« rief Renato.

Mario antwortete nicht sofort; er schaute Renato an, und da schien es, als ob etwas in ihm erlösche. Er ließ die Arme hängen und senkte den Kopf; dann murmelte er mit veränderter Stimme, kaum noch hörbar: »Verschwinde, Renato; ich mag dich nicht mehr sehen. Siehst du, nun hast du mich zum Reden gebracht, und ich habe geredet, und jetzt bin ich wieder einer wie alle: wie du, wie einer von euch. Haut alle ab, verschwindet, laßt mich in Ruhe.« Er wich zur Hausmauer zurück und schlich dann dicht an der Mauer entlang bis zur Tür; Giorgio fand ihn kurz darauf in einer Ecke der Turnhalle auf dem Fußboden sitzend, wie er mit beiden Händen seinen Kopf umfaßt hielt und laut schluchzte.

Rote Lämpchen

Er hatte eine ruhige Arbeit: er mußte acht Stunden täglich in einem dunklen Zimmer sitzen, in dem in unregelmäßigen Abständen die roten Lichtpunkte der Kontrolllämpchen aufglommen. Was sie zu bedeuten hatten, das wußte er nicht, es gehörte nicht zu seinen Aufgaben. Auf jedes Aufflammen eines Lämpchens mußte er durch Drücken verschiedener Knöpfe reagieren, aber auch deren Bedeutung entzog sich seiner Kenntnis; trotzdem war seine Arbeit nicht nur mechanischer Natur: Die richtigen Knöpfe mußte er selbst wählen, rasch und nach komplizierten, sich von Tag zu Tag ändernden Kriterien, die überdies von der Reihenfolge und dem Rhythmus abhängig waren, in dem die Lämpchen angingen. Alles in allem war es also keine stumpfsinnige Arbeit; es war eine, die man gut oder schlecht verrichten konnte, manchmal war sie sogar ziemlich interessant, eine jener Arbeiten, die einem Gelegenheit geben, sich der eigenen Flinkheit, des eigenen Einfallsreichtums und logischen Denkvermögens zu freuen. Doch vom Endresultat seiner Handlungen hatte er keine genaue Vorstellung, er wußte nur, daß es um die hundert solcher dunkler Räume gab und daß alle entscheidenden Daten von irgendwoher in einer Verteilerzentrale zusammenflossen. Er wußte auch, daß seine Arbeit irgendwie bewertet wurde, aber nicht, ob allein für sich oder in Verbindung mit der Arbeit anderer: Wenn die Sirene ertönte, glommen über dem Türsims weitere rote Lämpchen auf, und ihre Anzahl bedeutete ein Urteil und eine Bilanz. Oft gingen sieben oder acht an, ein einziges Mal waren es zehn gewesen, aber weniger als fünf noch nie, darum hatte er den Eindruck, daß es um seine Angelegenheiten nicht allzu schlecht bestellt war.

Die Sirene ertönte, sieben Lämpchen glommen auf. Er ging hinaus, blieb einen Augenblick im Korridor stehen, um die Augen ans Licht zu gewöhnen, dann stieg er zur Straße hinunter, erreichte das Auto und startete den Motor. Es herrschte bereits dichter Verkehr, und er hatte Mühe, sich in den Strom entlang der Allee einzufädeln. Bremse, Kupplung, erster Gang. Gas, Kupplung, zweiter, Gas, Bremse, erster, wieder Bremse, die Ampel schaltet auf Rot. Das dauert vierzig Sekunden, und sie kommen einem aus irgendeinem Grund vor wie vierzig Jahre: keine Zeit dehnt sich länger als die Wartezeit vor Ampeln. Er erhoffte und begehrte nichts anderes, als zu Hause anzulangen.

Zehn Ampeln, zwanzig. Vor jeder eine immer länger werdende Autoschlange, drei Rotphasen lang, fünf; dann lief es etwas besser, der Verkehr war flüssiger in den Vororten jenseits des Zentrums. In den Rückspiegel blicken, dem kurzen Wutanfall und der boshaften Hast des Fahrers hinter dir standhalten, der sich wünscht, daß es dich nicht gäbe, den linken Blinker einschalten; wenn du nach links abbiegst, fühlst du dich stets ein wenig schuldig. Vorsichtig abbiegen nach links: da ist das Haustor, dort ein freier Platz, Kupplung, Bremse, Zündschlüssel, Handbremse, Alarmanlage, für heute ist es vorbei.

Das rote Lämpchen des Fahrstuhls leuchtet: Warten, bis er frei wird. Es erlischt: Auf den Knopf drücken, das Lämpchen glimmt wieder auf, warten, bis der Fahrstuhl unten ist. In der Hälfte der Freizeit warten – nennt man das freie Zeit? Schließlich glommen in der richtigen Reihenfolge die Lämpchen des dritten, des zweiten und des ersten Stockwerks auf, eine Schrift AUFZUG HIER leuchtete, und die Tür öffnete sich. Abermals rote Lämpchen, erster Stock, zweiter, bis hinauf zum neunten, angekommen. Er drückte auf den Klingelknopf, hier mußte er nicht warten; er wartete tatsächlich nur kurze Zeit, dann hörte er Marias ruhige Stimme: »Ich komme«, ihre Schritte, und die Tür ging auf.

Er wunderte sich nicht, als er zwischen Marias Schlüsselbeinen das rote Lämpchen glimmen sah: es brannte schon seit sechs Tagen, und es stand zu erwarten, daß es sein melancholisches Licht noch für einige weitere Tage aussenden würde. Luigi wäre es lieb gewesen, wenn Maria es versteckt, es irgendwie verhüllt hätte; Maria versprach das auch, aber oft vergaß sie es, zumal zu Hause; ein andermal wieder verbarg sie es schlecht, so daß man es unter ihrem Halstuch durchschimmern sah oder nachts durch die Betttücher, und das war das Allertrübseligste. Vielleicht hatte sie insgeheim, ohne es sich selbst einzugestehen, Angst vor den Kontrollen.

Er bemühte sich, nicht auf das Lämpchen zu achten, ja, es zu vergessen: im Grunde wollte er ja auch noch anderes von Maria, vieles andere. Er versuchte, ihr von seiner Arbeit zu erzählen, wie er den Tag verbracht hatte; er fragte sie, was sie getan habe, in den Stunden, da sie allein gewesen war, aber das Gespräch lebte nicht auf, es flackerte nur einen Moment lang und erlosch dann wieder, wie ein Feuer aus feuchtem Brennholz. Das Lämpchen indes erlosch nicht: es leuchtete gleichmäßig und beständig, das belastendste aller Verbote, weil es hier galt, in ihrer Wohnung und in der Wohnung aller Leute, winzig und doch so fest wie eine Mauer, an allen fruchtbaren Tagen, für alle Ehepaare, die schon zwei Kinder hatten. Luigi schwieg lange, dann sagte er: »Ich ... ich hole den Schraubenzieher.«

»Nein«, erwiderte Maria, »du weißt doch, daß es nicht gelingt, es bleiben immer Spuren zurück. Und außerdem ... und wenn dann ein Kind käme? Wir haben schon zwei, du weißt doch, wie hoch sie uns besteuern würden!«

Es war klar, wieder einmal würden sie von nichts anderem reden können. Maria sagte: »Du kennst doch die Mancuso? Du weißt doch, die Frau hier unter uns, im siebenten Stock, die sich immer so elegant kleidet. Also, sie hat einen Antrag gestellt, das staatliche Modell gegen das neue 520er IBM austauschen zu dürfen: sie sagt, das ist ganz was andres.«

»Aber es kostet ein Heidengeld, und die Zählung bleibt dieselbe.«

»Sicher, aber man merkt gar nicht, daß man es dran hat, und die Batterien halten ein Jahr. Übrigens hat sie mir auch erzählt, im Parlament hätten sie einen Unterausschuß, der über ein Gerät für Männer berät.«

»So ein Blödsinn! Die Männer hätten doch ständig rotes Licht.«

»O nein, so einfach ist das nicht. Das Steuersignal geht zwar nach wie vor von der Frau aus, und sie trägt ebenfalls das Lämpchen, aber die Blockiervorrichtung trägt auch der Mann. Es gibt einen Sender, die Frau sendet, und der Mann empfängt, und an den roten Tagen ist er blockiert. Im Grunde kommt mir das gerecht vor, viel moralischer kommt mir das vor.«

Luigi merkte plötzlich, wie er von Müdigkeit überwältigt wurde. Er küßte Maria, sie blieb vor dem Fernseher sitzen, und er legte sich schlafen. Er schlief alsbald ein, erwachte aber am Morgen geraume Zeit, bevor die rote Kontrollampe des geräuschlosen Weckers aufleuchtete. Er stand auf, und erst dann bemerkte er in dem dunklen Zimmer, daß Marias Lämpchen erloschen war; aber nun war es schon zu spät, und er mochte sie nicht wecken. Er passierte nacheinander die roten Lämpchen des Heißwasserboilers, des elektrischen Rasierapparats, des Toasters und des Sicherheitsschlosses; dann fuhr er zur Straße hinunter, setzte sich ins Auto und beobachtete, wie die roten Lämpchen der Batteriekontrolle und der Handbremse aufleuchteten. Er betätigte den Blinker nach links, das war immer das Signal, daß ein neuer Arbeitstag begann. Er fuhr los, seiner Arbeit entgegen, und unterwegs rechnete er aus, daß er es an einem Tag im Schnitt mit zweihundert roten Lämpchen zu tun hatte: siebzigtausend in einem Jahr, dreieinhalb Millionen in fünfzig Jahren Berufsleben. Da schien es ihm, seine Schädeldecke werde hart, als ob sie sich mit einer gewaltigen Hornschicht bedeckte, mit der er Mauern durchstoßen könnte; fast wie das Horn eines Rhinozeros, nur platter und stumpfer.

Vilmy

Ich hatte noch nie eine Wohnung im alten London betreten: Paul Morris war ich in Italien mehrmals begegnet, das letztemal auf einem Kongreß von Biochemikern und etliche Jahre zuvor (als er noch nicht verheiratet war) in einem sündhaft teuren Hotel am Lago Maggiore. Ich rechnete damit, daß seine Wohnung üppig und geschmackvoll eingerichtet sein würde, und das war sie denn auch: gute Möbel von Adam und Hepplewhite, an den Wänden wenige erlesene Bilder, viele Teppiche, Vorhänge und Wandteppiche, eine diskrete und Ruhe ausstrahlende Beleuchtung. Die vorherrschenden Töne waren Graugrün, Elfenbein und Lavendel: die Doppelglasscheiben hielten den Lärm und die trübe Luft des St. James's Square fern.

Paul, der sich unterdes den Fünfzig nähert, erschien mir hager und ergraut. Er stellte mir seine Frau Virginia vor; sie ist ungarischer Abstammung, nicht hübsch, aber gebildet und von feiner Art und mindestens fünfundzwanzig Jahre jünger als er. Virginia spricht viele Sprachen, auch Italienisch, und es gibt kein Thema, über das sie nicht gewandt und ungezwungen zu plaudern wußte. Sie erzählte mir gerade von einer ihrer entfernten Verwandten, die als Expertin der UNESCO offenbar die ganze Welt bereiste, als ich sah, wie sich hinter ihrem Rücken geräuschlos ein Vorhang verschob. Ich muß dazusagen, daß im Hause Morris die Stille ein vorherrschendes Element ist: nicht nur, daß Außengeräusche hier nicht eindringen, auch die Geräusche im Innern sind gedämpft, ja man hat den Eindruck, daß man gar keine erzeugen könnte, weder mit der Stimme noch auf andere Weise: man scheut vor lautem Sprechen zurück, wie in einer Kirche oder einer Leichenhalle. Der Vorhang schob sich von der Wand vorwärts, glitt lautlos wieder zurück, und dahinter kam ein niedliches Tier hervor, das ich auf den ersten Blick für einen Setter hielt: aber als es sich Virginia näherte, sah ich an seinem Gang, daß es kein Hund war. Hunde haben kaum je einen gesetzten Gang: dafür sind sie zu lebhaft und zu neugierig, entweder blicken sie um sich oder wedeln mit dem Schwanz oder rennen oder wiegen sich in den Flanken. Auch kommt es schwerlich vor, daß sie nicht mit den Krallen auf dem Fußboden ein Kratzen verursachen, und noch unwahrscheinlicher ist es, daß sie einen Fremden nicht zur Kenntnis nehmen. Dieses Geschöpf hingegen, das von glattem schwarzem Fell bedeckt war, bewegte sich mit der geschmeidigen und lautlosen Anmut der Katzen: seltsamerweise hielt es den Blick und die Schnauze fest auf Paul gerichtet, bewegte sich aber lautlos auf Virginia zu; trotz seiner Masse (es mußte wenigstens acht Kilo wiegen) sprang es ihr gewandt auf die Knie und streckte sich darauf aus. Erst dann schien es meine Anwesenheit zu bemerken: es sandte mir von Zeit zu Zeit kurze fragende Blicke zu. Es hatte große hellblaue Augen mit langen Wimpern, spitze, bewegliche, beinahe durchscheinende Ohren, die in zwei komischen hellen Haarbüscheln endeten, und einen langen unbehaarten Schwanz von bläulich-rosa Färbung. Ich bemerkte, daß Virginia sich nicht gerührt hatte, weder um das Tier bei sich aufzunehmen, noch um es abzuweisen.

»Hattest du noch keines gesehen?« fragte mich Paul, dem mein gespanntes Interesse nicht entgangen war.

»Nein«, erwiderte ich, »nur einmal im Fernsehen, vor etlichen Jahren.« Ich hatte mir sogleich gedacht, daß es ein Vilmy sein müßte; gerade in diesen Monaten war in den Zeitungen wieder viel von diesem Tier die Rede, aus Anlaß des Skandals um Lord Keith Lothian, ja es war sogar Gegenstand einer erneuten Anfrage im Parlament gewesen, aber zu jener Zeit waren noch nicht mehr als einige Dutzend Paare importiert worden.

»Sie heißt Lore«, sagte Paul, »und wir lieben sie sehr: du weißt doch, wir haben keine Kinder.«

»Ein Weibchen?« fragte ich; und sofort fing ich einen flinken, vorwurfsvollen Blick auf, den Virginia ihrem Mann zuwarf.

»Ja«, erwiderte Paul, »die Weibchen sind anhänglicher. Unseres ist so lieb, so diskret und gefügig: schade, daß sie schon bald neun Jahre alt ist, das entspricht siebzig Jahren bei uns.«

»Läßt du sie nicht decken?«

»Das ist gar nicht so einfach«, antwortete Morris und vermochte eine leichte Verlegenheit nicht zu verbergen. »Ein schwarzer Rüde ist im gesamten Vereinigten Königreich nicht zu finden: Ich habe mich erkundigt, der nächste ist in Monte Carlo, aber für den ist sie schon zu alt, die Ärmste. Er würde sie fast mit Sicherheit abweisen.«

»Aber wie ist es dann mit der Milch ...«

»Sie brauchen überhaupt nicht befruchtet zu sein, weißt du das nicht? Der Fall ist unter den Säugetieren einzigartig: Es reicht, sie gut zu füttern und regelmäßig zu melken. Sie geben natürlich nur wenig Milch, versteht sich.«

»Zum Glück vielleicht«, warf Virginia unerwartet ein.

Wie man sich erinnern wird, ist um die Milch der Vilmys später ein großes Gerede entstanden, damals jedoch hatte noch niemand sehr klare Vorstellungen davon. Paul erklärte mir, daß alles Geschwätz über eine angebliche halluzinogene Eigenschaft der Milch gänzlich haltlos sei; sie war auch kein Aphrodisiakum, wie viele behaupteten, die sie nie gekostet oder sich das hatten einreden lassen. Genauso war alles übrige die reine Mär: die Geschichten über ihre langfristig giftige Wirkung, über den Gedächtnisverlust und das frühzeitige Altern der »Süchtigen« und so weiter.

»Wahr ist nur eines«, sagte er zu mir, »und das ist etwas ganz Einfaches. Die Milch aller Säugetiere enthält minimale Mengen von Nitrophenyltoxin, und dieser Substanz ist die affektive Fixierung der Neugeborenen auf die Mutter oder das sie säugende Weibchen zuzuschreiben. Bei den meisten Tieren ist sie in niedriger Konzentration vorhanden, und die Wirkung erlischt wenige Monate nach dem Werfen. Beim Menschen ist die Konzentration höher, und die affektive Beziehung zur Mutter hält über viele Jahre an; beim Vilmy aber ist sie enorm hoch, zwanzigmal höher als in menschlicher Milch. Deshalb bleibt nicht nur bei den Vilmyjungen eine fast pathologische Bindung an die Mutter bestehen, sondern diese Wirkung verspürt auch jeder, der von dieser Milch trinkt, und von da an verändert sich sein Leben.«

Bei diesen Worten erhob sich Virginia, wünschte mir gute Nacht, küßte Paul und zog sich zurück; ich weiß nicht, ob sie damit einer britischen Sitte gehorchte oder ob sie spürte, daß das Gespräch eine heikle Wendung nahm. Wenige Augenblicke später hob Lore, als ob sie aus einem Traum erwache, den Kopf, starrte Morris lange an, sprang dann vom Stuhl auf den Fußboden, ging zu ihm hin und begann zärtlich ihre Schnauze an seinem Schenkel zu reiben. Dabei nahm ich zum erstenmal die merkwürdige Beweglichkeit der Schnauze bei diesen Tieren wahr: sie erinnert kaum an den Menschen, und doch läßt sie sich in jedem Augenblick wie eine menschliche Grimasse deuten, mit wechselnd ironischem, gelangweiltem, aufmerksamem, liebevollem, lachendem oder feindseligem Ausdruck; immer aber schmachtend, inbrünstig und mit einem Anflug von füchsischer Schläue.

»Und du ... hast du von ihr gekostet?« fragte ich Paul und senkte dabei unwillkürlich die Stimme. Paul antwortete nicht direkt auf meine Frage.

»Es sind unglaubliche Tiere«, murmelte er. »Du siehst ja,

sie erwidern Gefühle, oder es scheint jedenfalls so. Kurz und gut: Probier es nicht, laß dich nicht verlocken: es ist ein Fehler, ein Fehler, der einen teuer zu stehen kommt.«

»Ich fühle mich nicht verlockt: wirklich, nicht im geringsten. Und du, warum hast du es gemacht?«

»Weil ich … nein, ohne ein Weil: aus Verlangen nach etwas Neuem, aus Neugier, aus Langeweile, aus … kurz, in einem Moment, da ich mit Virginia wegen irgendeiner Sache verzankt war und sie recht hatte, ich ihr aber nicht recht geben, sondern sie im Gegenteil kränken wollte. Vielleicht wollte ich sie nur eifersüchtig machen. Auf jeden Fall habe ich davon gekostet, das ist Tatsache, und Tatsachen kann man nicht mehr abändern: das war vor zwei Jahren, und seither bin ich ein anderer geworden.«

»Solche Wirkung hat sie? Ein einziges Mal reicht?«

»Nein, aber es ist wie eine Kettenreaktion. Du trinkst einmal und bist schon festgekettet: Du wirst innerlich hochgradig gespannt, unruhig, fiebrig, und du *weißt*, daß du Frieden nur finden wirst in Gegenwart … des Tiers, der Quelle. Nur an ihr kannst du deinen Durst löschen. Und sie, diese Tiere, sind diabolisch: Sie sind verdorben und dazu gemacht, andere zu verderben. Sie verstehen nur wenig, aber dieses eine verstehen sie hervorragend: wie man ein menschliches Wesen verführt. Sie lesen dir die Begierde von den Augen ab oder sonstwo, und dann schleichen sie um dich herum, schmiegen sich an dich, und das Gift ist da, den ganzen Tag und die ganze Nacht, es wird dir ununterbrochen angeboten, gratis und frei Haus. Du brauchst nur die Hände und die Lippen danach auszustrecken. Du tust es, trinkst, und der Kreis schließt sich, und du sitzt in der Falle für all die Jahre, die dir noch bleiben, und viele können es dann nicht mehr sein.«

Lore zuckte zusammen, näherte sich dem Vorhang und kletterte an ihm hinauf bis in Höhe der schweren Pendeluhr, die in der Ecke stand; ich bemerkte, daß ihre Beine in vier plumpen Pfötchen mit entgegenstellbarem großen Zeh endeten, oben braun, innen rosig. Von dem Vorhang sprang sie auf die Standuhr, ließ sich darauf nieder und lauschte aufmerksam dem langsamen Ticken.

»Sie sind fasziniert von Uhren«, sagte Paul, »ich weiß nicht, weshalb. Auch die, die ich vorher hatte ...«

»Ach, sie ist nicht dein erstes?«

»Nein. Es ist nicht hier passiert: wir waren auf Reisen, in Beirut. In dem Hotel war ein Kerl, ich weiß nicht, wer er war, auch weil wir beide betrunken waren; er hatte ein Vilmy bei sich, niedlich, mit blondem Fell, es war das erste, das ich zu Gesicht bekam. Ich hatte mich, wie gesagt, gerade mit Virginia gestritten, und der Kerl grinste, als hätte er das kapiert, und bot mir die Milch an, und ich nahm sie an. Ich wußte nicht, was ich da tat: aber ich merkte es am Morgen darauf. Ich suchte den Unbekannten auf allen Straßen der Stadt, fand ihn und bot ihm eine Wahnsinnssumme an, um das Tier zu bekommen, aber er lachte mich aus, wir prügelten uns, und da hättest du sie sehen sollen: Sie kauerte am Boden, wackelte mit dem Schwanz und lachte, jawohl, sie lachte; denn sie können lachen, nicht wie wir, sie tun es auf ihre Art, aber sie lachen, und es ist ein Lachen, das einem das Blut in den Adern zum Kochen bringt.

Ich hatte mehr Schläge ausgeteilt als eingesteckt, und trotzdem fühlte ich mich übel zugerichtet und saß wie auf Kohlen. Ich träumte von diesem Vilmy, jede Nacht. Ich muß dir sagen: es ist nicht wie bei einer Frau. Es ist ein drückendes, brutales, idiotisches Verlangen; und hoffnungslos, weil du mit einer Frau reden kannst, wenigstens in deinem Innersten: auch wenn sie fern ist, wenn sie nicht oder nicht mehr die deine ist, so hoffst du doch zumindest, mit ihr reden zu können, hoffst auf Liebe, auf Rückkehr; es mag eine vergebliche Hoffnung sein, aber sie ist nicht gänzlich unsinnig, es existiert eine denkbare Befriedigung. Diese hier hingegen ist eine Begierde, durch die du verdammt bist, weil sie keine Befriedigung kennt: die kannst du nicht einmal in deiner Phantasie finden; es ist eine Begierde und fertig, sie endet niemals. Die Milch schmeckt angenehm, sie ist süß, aber du schluckst sie hinunter, und danach bist du im selben Zustand wie vorher. Und auch die Gegenwart der Tiere, sie zu berühren, zu streicheln, bringt nichts, weniger als nichts, ein Anstacheln des Gelüsts, nichts weiter.

Virginia wußte nicht, was vorgefallen war, aber sie merkte, daß irgend etwas nicht stimmte: so flog sie heim nach London, und ich blieb zurück und strich um den andern herum, damit er mir das Tier verkaufte; er wollte nicht, oder besser, er konnte nicht, er war ebenso Sklave wie ich. Aber ich bedrängte ihn, jedesmal wenn ich mich ihm nähern konnte, ich kam mir vor wie ein elender Wurm, ich hätte ihm die Schuhe geputzt. Eines Tages verschwand er, ohne eine Adresse zu hinterlassen. Da dachte ich, wenn ich jenes Tier wirklich nicht haben konnte, dann wäre ein anderes besser als gar keins. Ich ging auf den Suk und fand eines: ein junger Bursche mit ausgemergeltem, teilnahmslosem Gesicht hatte es an der Leine und ließ es im Schummerlicht einer Sackgasse tanzen. Es war mager und halb kahl, hatte aber volle Zitzen, war jung und kostete nicht viel. Ich verlangte eine Probe der Milch; wir verzogen uns unter einen Treppenabsatz, und der Verkäufer molk sie an Ort und Stelle und reichte mir die Milch. Mir schien es, daß ich die Wirkung verspürte, denn gleich darauf bemerkte ich, daß das Tier schöne, tiefe Augen hatte, was mir vorher nicht aufgefallen war; ich kaufte es und brachte es hierher. Sie war ein Dämon: Sie vertrug das Eingeschlossensein nicht, ihre Behausung waren die Dächer und nicht diese Wohnung. Es gab keine Möglichkeit, sie in der Nähe zu halten; wenn ich sie einschloß, wurde sie zur Furie, biß, kratzte und versteckte sich unter den Möbeln; nach ein paar Wochen aber wurde es noch schlimmer, denn sie lernte es, sich dem Melken zu verweigern. Ich versuchte vergeblich, sie zu zwingen, ich peitschte sie aus, und sie verschwand.«

Paul schnipste mit den Fingern, und Lore erhob wachsam die Schnauze; sie sprang von der Standuhr aufs Sofa, von dort auf den Fußboden, dann legte sie sich mit einem zufriedenen kleinen Winseln zu seinen Füßen hin.

»Und die hier ist die dritte. Ich habe sie in Soho auf einer Auktion erstanden, für vierhundert Pfund: ein stattlicher Preis, nicht wahr? Sie gehörte einem Jamaikaner, der ihretwegen den Tod gefunden hatte, aber das habe ich erst später erfahren. Sie ist alt, wie schon gesagt, und wenn man nichts tut, was ihr wider den Strich geht, ist sie ziemlich friedlich; wenn du aber etwas willst, was sie nicht will, dann verweigert sie sich nicht dem Melken, wie die andere, sondern die Milch bleibt ihr weg, und du mußt ohne sie auskommen, und niemand wird mir ausreden, daß sie selbst es ist, die das will, um mich zu erpressen, mich herumzukriegen. Und das schafft sie selbstverständlich; vielleicht ist sie nicht fähig, etwas zu beabsichtigen, aber etwas zu wollen, das ja, o ja: bestimmte Dinge zu fressen und andere nicht, zu bestimmten Zeiten und zu anderen nicht, daß ich bestimmte Freunde einlade und andere nicht ... nein, du scheinst ihr, Gott sei gelobt, zu gefallen: hoffen wir, daß es anhält.«

»Und Virginia ...?«

»Sie ist eine kluge Frau. Sie hat es stets abgelehnt, von der Milch zu kosten. Sie weiß, daß ich sie noch ebenso liebe wie vorher, daß dies etwas anderes ist, so ähnlich, wie wenn sich jemand dem Alkohol oder dem Morphium ergibt. Sie behandelt mich wie einen Kranken oder wie ein Kind, und das bin ich ja auch; ja, genaugenommen bin ich ein Säugling, der greint, wenn er Hunger hat. Und sie hier ist neun Jahre alt, sie ist ein altes Tier, und beim bloßen Gedanken, daß sie sterben oder daß ihr die Milch wegbleiben könnte, überkommen mich Schwindelgefühle.«

Das Vilmy schlich zu mir, schnupperte mit dem rosigen Näschen, dann fing es an, Nacken und Hals an meiner Wade zu reiben, als wollte es sich selber streicheln; um die Wahrheit zu sagen, es erschien mir durchaus nicht alt. Ich faßte mit einer Hand nach unten, um die Liebkosung zu erwidern, fing aber einen raschen Blick Pauls auf und hielt inne; ja, als Lore sich auf die Hinterpfoten stellte, um mir auf den Schoß zu klettern, verabschiedete ich mich von Paul mit irgendeiner vagen Floskel und trat hinaus auf die Straße. Der Nebel war kalt, dicht und gelblich-trübe, aber er erschien mir duftgeschwängert, und ich atmete ihn lustvoll ein, tief bis in die Lungenspitzen.

Knall

Es ist nicht das erstemal, daß sich dergleichen in diesem Land ereignet: ein Brauch, ein Gegenstand oder eine Idee erlangen im Laufe weniger Wochen fast universelle Verbreitung, ohne daß sich die Zeitungen oder die Massenmedien übermäßig darum kümmern. Es gab die Jo-Jo-Welle, dann die chinesischen Pilze, dann die Pop-art, dann den Zen-Buddhismus, dann das Hula-Hoop, und zur Zeit ist der Knall in Mode.

Wer den Knall erfunden hat, ist nicht bekannt, aber seinem Preis nach zu urteilen (ein vierzölliger Knall kostet den Gegenwert von dreitausend Lire oder wenig mehr) dürfte er weder kostbare Werkstoffe noch viel Software enthalten und auch keine große Erfindungskraft beansprucht haben. Ich habe mir auch einen gekauft, im Hafen, direkt vor den Augen eines Polizisten, der mit keiner Wimper gezuckt hat. Natürlich habe ich nicht die Absicht, ihn anzuwenden, ich möchte nur sehen, wie er funktioniert und wie er inwendig beschaffen ist: das erscheint mir als legitime Wißbegier.

Ein Knall ist ein glattes Röhrchen, so lang und so dick wie eine toskanische Zigarre und auch kaum schwerer; er wird einzeln verkauft oder in Schachteln zu zwanzig Stück. Es gibt einfarbige, grau oder rot, aber zumeist sind auf der Verpackung widerwärtig geschmacklose Bildchen zu sehen, komische Figuren oder Bilderserien des gleichen Stils, wie sie die Musikboxen oder die Flipper zieren: ein Mädchen mit entblößter Brust, das einen Knall gegen das riesige Gesäß eines Verehrers abschießt; zwei winzige Max-und-Moritz-Figuren mit frecher Miene, verfolgt von einem grimmigen Bauerntölpel, die sich im letzten Augenblick umdrehen und ihren Knall explodieren lassen, woraufhin der Verfolger rücklings umfällt und mit seinen langen gestiefelten Beinen in der Luft strampelt.

Über den Mechanismus, durch den ein Knall den Tod verursacht, ist nichts bekannt oder zumindest bislang nichts an die Öffentlichkeit gedrungen. »Knall« ist ein deutsches Wort, und »abknallen« hatte im Jargon des Zweiten Weltkriegs die Bedeutung gewonnen von: »jemanden mit einer Schußwaffe töten«, während das Typische bei der Entladung eines Knalls doch gerade die Geräuschlosigkeit ist. Vielleicht deutet der Name, falls er nicht überhaupt ganz anderer Herkunft oder eine Abkürzung ist, auf die Todesart hin, die in der Tat eine blitzartige ist: die Person, die von einem Knall getroffen, ja auch nur gestreift wird, an der Hand oder am Ohr, stürzt augenblicklich leblos zu Boden, und der Leichnam weist keinerlei Spur einer Verletzung auf, mit Ausnahme eines kleinen bläulichen Kreises in der verlängerten geometrischen Achse des Knalls.

Ein Knall funktioniert nur ein einziges Mal, danach wirft man ihn weg. Dies ist ein ordentliches und reinliches Land, und die gebrauchten Knalle liegen in der Regel nicht auf den Bürgersteigen herum, sondern finden sich lediglich in den an allen Straßenecken und Straßenbahnhaltestellen aufgehängten Müllkörben; die entladenen Knalle sind dunkler und schlaffer als die neuen und somit leicht zu erkennen. Es ist nicht so, daß sie alle zu kriminellen Zwecken verwendet worden wären: davon sind wir zum Glück noch weit entfernt; aber in bestimmten Kreisen ist es zu einer unverzichtbaren Notwendigkeit geworden, einen Knall gut sichtbar bei sich zu führen, in der Brusttasche oder in den Gürtel gesteckt oder hinters Ohr geklemmt wie der Bleistift bei den Krämern. Da aber die Knalle ein Verfallsdatum haben, genau wie Antibiotika und Filme, machen es sich viele Leute zur Pflicht, sie vor diesem Termin zu entladen, gar nicht so sehr als Vorsichtsmaßregel, sondern weil die Entladung des Knalls eigenartige Wirkungen zeitigt, die nur partiell beschrieben und untersucht worden, aber bei den Konsumenten bereits weitgehend bekannt sind: Ein Knall spaltet Stein und Beton und überhaupt alle festen Materialien, und zwar um so leichter, je starrer diese sind; er durchbohrt Holz und Papier und setzt sie bisweilen auch in Brand; er schmilzt Metalle; im Wasser erzeugt er einen winzigen dampfenden Strudel, der sich aber sofort wieder schließt. Darüber hinaus kann man sich mit einem geschickt gezielten Knall die Zigarette oder auch die Pfeife anzünden, und dies ist, trotz der unangemessen hohen Ausgabe, ein Bravourstück, an dem sich viele junge Männer erproben, gerade weil es ein Risiko birgt. Man schätzt sogar, daß diese Verwendung den größten Teil des Knall-Konsums zu legalen Zwecken ausmacht.

Der Knall ist zweifelsohne ein funktionelles Instrument: Er ist nicht aus Metall und wird somit von den üblichen magnetischen Instrumenten sowie von Röntgenstrahlen nicht angezeigt; er wiegt und kostet wenig; er arbeitet geräuschlos, schnell und sicher; und man kann sich seiner leicht entledigen. Einige Psychologen behaupten jedoch, daß diese Eigenschaften des Knalls nicht hinreichen würden, seine Verbreitung zu erklären: sie behaupten, daß sich seine Anwendung auf das Milieu der Kriminellen und der Terroristen beschränken würde, wenn zum Auslösen der Wirkung lediglich ein einfacher Handgriff wie etwa ein Drücken oder Ziehen erforderlich wäre; es ist aber so, daß der Knall nur dann explodiert, wenn er einer besonderen Behandlung unterzogen wird, einer genau festgelegten und rhythmischen Abfolge von Drehungen in der einen und in der anderen Richtung, kurz, einer Operation, die Fertigkeit und Geschicklichkeit verlangt, etwa so wie das Knacken eines Geldschranks; diese Operation wird, wohlgemerkt, in der jeder Schachtel beiliegenden Gebrauchsanweisung nur angedeutet, aber nicht beschrieben. Deshalb setzt das Abschießen eines Knalls eine heimliche Unterweisung voraus, die ein Eingeweihter dem Neuling erteilt und die einen zeremoniellen und esoterischen Charakter erlangt hat und in geschickt getarnten Klubs vorgenommen wird; als Extremfall sei hier an den makabren Fund erinnert, den die Polizei von F. im April machte: Im Keller eines Restaurants wurde eine Gruppe von fünfzehn Jungen, alle um die zwölf Jahre alt, sowie ein junger Mann von dreiundzwanzig aufgefunden; sie waren alle tot, hielten alle in der rechten Hand einen abgefeuerten Knall und wiesen alle den typischen blauen Kreis an der Spitze des linken Ringfingers auf.

Die Polizei erklärt, es sei besser, nicht allzuviel Lärm um den Knall zu machen, weil sie der Ansicht ist, damit werde nur seine Verbreitung gefördert; dies erscheint mir als eine Auffassung, über die sich streiten ließe, und sie rührt vielleicht einzig daher, daß die Polizei letztlich ohnmächtig ist. Um die großen Knallhändler zu fassen, die vermutlich ungeheuerliche Profite einstreichen, verfügt sie derzeit über keine anderen Mittel als Spitzel und anonyme Anrufe.

Der Schuß des Knalls ist mit Sicherheit tödlich, aber nur auf eine Entfernung von ungefähr einem Meter: weiter weg ist er völlig harmlos und verursacht noch nicht einmal Schmerz. Dieser Umstand führt derzeit zu eigentümlichen Konsequenzen: Der Kinobesuch ist stark zurückgegangen, weil sich die Zuschauergewohnheiten verändert haben; Besucher, die als Gruppe oder einzeln hereinkommen, achten darauf, sich in mindestens einem Meter Abstand von den bereits sitzenden Zuschauern zu plazieren, und wenn ein solcher Platz nicht zu finden ist, dann geben sie häufig lieber ihre Eintrittskarte zurück. Das gleiche geschieht in den Straßenbahnen, in der U-Bahn und in den Stadien: kurz gesagt, die Leute haben einen »Rottenreflex« entwickelt ähnlich dem zahlreicher Tiere, welche die Annäherung von ihresgleichen innerhalb eines bestimmten, genau definierten Abstands nicht ertragen. Auch das Verhalten der Menschen auf den Straßen hat sich verändert: viele Leute bleiben lieber zu Hause oder benutzen nicht die Bürgersteige, wodurch sie sich anderen Gefahren aussetzen oder jedenfalls den Verkehr behindern. Viele weichen, wenn sie sich in Fluren oder auf Fußgängerwegen begegnen, einander in großem Bogen aus, wie Magnetpole mit gleichem Vorzeichen.

Die Experten bekunden keine übermäßige Besorgnis hinsichtlich der mit dem verallgemeinerten Gebrauch des Knalls verbundenen Gefahren: sie weisen darauf hin, daß dieses Instrument kein Blutvergießen verursacht, was ein beruhigender Umstand ist. Denn es ist zwar unbestreitbar, daß ein großer Teil der Menschen das akute oder chronische Bedürfnis verspürt, seinen Nächsten oder sich selbst zu töten, aber es handelt sich dabei nicht um Töten allgemein: man wünscht vielmehr in jedem Fall, »Blut zu vergießen«, die eigene Schande oder die anderer »mit Blut reinzuwaschen«, für das Vaterland oder andere Institutionen sein »Blut herzugeben«. Wer (sich) erwürgt oder (sich) vergiftet, genießt weitaus weniger Achtung. Kurz, das Blut steht, zusammen mit dem Feuer und mit dem Wein, im Zentrum eines gewaltigen und strahlenden emotionalen Komplexes, der in tausend Träumen, Dichtungen und Redensarten lebendig ist: es ist heilig und widerlich, und angesichts seiner wird der Mensch, wie der Stier oder der Haifisch, unruhig und blutrünstig. Da der Knall nun aber ohne Blutvergießen tötet, wird bezweifelt, daß seine Beliebtheit von Dauer sein könne: vielleicht ist er aus diesem Grunde, trotz seiner unzweifelhaften Vorzüge, noch nicht zu einer gesellschaftlichen Gefahr geworden.

Unsere schönen Spezifikationen

»Ich wüsste nicht, weshalb du dich zurückgesetzt fühlen solltest«, sagte Di Salvo. »Wir haben in diesem Hause alle mal so angefangen. Man kann sagen, es ist eine Tradition.«

»Ich fühle mich auch gar nicht zurückgesetzt«, erwiderte Renaudo, »ich hab es nur satt.«

»Schon nach zwei Wochen?«

»Ich hatte es schon nach drei Stunden satt. Aber keine Sorge, ich mach schon weiter.«

»Das will ich auch hoffen. Aber was glaubst du denn, wie's mir geht? Es sind erst fünf Monate, daß ich das nicht mehr zu machen brauche, seit meinem Urlaub: fünftausend solche Dinger habe ich überprüft. Alle, die mit keramischen Werkstoffen, mit Baumaterialien, Preßmasse und sogar mit Schreibwaren zu tun haben; du brauchst nur nachzuschauen, da findest du überall mein Kürzel. Jawohl, das ist kein Witz: fünftausend, im Schnitt fünfzehn pro Arbeitstag, und ich bin nicht verrückt geworden dabei und hab noch nicht mal einen Nervenzusammenbruch gekriegt. Und außerdem, ich will dir ja nicht den Mut nehmen, aber weißt du, was ich jetzt mache, sechs von acht Stunden am Tag?«

»Na sag schon.«

»Ich registriere die Bearbeitungsscheine: ein schöner Schritt vorwärts, was? Na schön, tschüs, viel Spaß bei der Arbeit. Wir sehen uns in der Kantine: ich hab dir einen Platz an meinem Tisch reserviert.«

Renaudo begab sich wieder an die Arbeit. Vor sich hatte er ein Verzeichnis sechsstelliger Ziffern, deren jede eine Spezifikation bezeichnete. Jede Spezifikation galt für einen von der Abteilung Materialbeschaffung stets bereitzuhaltenden Artikel, sie enthielt eine kurze Definition des Artikels, benannte seine Verwendung und legte die technischen Daten fest; für alle Daten war ein Meßverfahren sowie der obere und untere zulässige Grenzwert für die Materialabnahme festgelegt. Viele Nummern waren zum Zeichen erfolgter Überprüfung rot abgehakt, Renaudo hatte sich lediglich mit den noch nicht abgehakten zu befassen. Von denen waren einige unterstrichen: sie betrafen neue Materialien, für die noch keine Spezifikation existierte, welche somit aufgrund der Protokolle des Analyselabors und des Prüfraums erstellt werden mußte. Renaudo war jung und zog die unterstrichenen Nummern vor.

Nr. 366 410, Rizinusöl, rohes. Hergestellt durch Auspressen usw. Verwendung als Schmiermittel in den Abteilungen UTE, UTG, AIM, SDD 1.1. Farbe: zu bestimmen nach dem und dem Verfahren, Maximalwert 12, Minimalwert 4. Säuregrad ... Hier gab es keine Schwierigkeiten und Widersprüche, und Renaudo ging zur nächsten über. Nr. 366 411, Ammoniumchlorid. Nr. 366 412, Wellpappkartons. Nr. 366 413, Verbundglasscheiben für Fenster. Nr. 366 414, Strohbesen. Sein geheimnisvoller Vorgänger, so dachte Renaudo, mußte entweder anormal oder ein Spaßvogel gewesen sein: die Definition für »Strohbesen« nahm vierzehn Zeilen ein, und ebenso lang war die Beschreibung seiner Verwendung. Es waren jeweils ein Maximal- und ein Minimalwert für das Gesamtgewicht, für die Länge und den Durchmesser des Stiels und für die Anzahl der Borsten vorgesehen; weiter ein Minimalwert für die Bruchfestigkeit des Stiels; eine Abriebbelastungsprobe für das Gerät in seiner Gesamtheit, auszuführen »an jeweils einem von hundert Exemplaren im Anlieferungszustand, das durch Zufallsentscheidung auszuwählen ist«. Renaudo las das noch einmal, geriet ins Grübeln, dann nahm er das Blatt und klopfte an der Tür des Cavaliere Peirani.

Peirani ließ keinerlei Unsicherheit erkennen. »Nicht eine Silbe würde ich daraus streichen. Enthält die Spezifikation Ungenauigkeiten? Ist sie durch einen neuen Artikel überholt? Ist sie in sich widersprüchlich, oder lassen sich die Materialprüfungen nicht ausführen? Ist der fragliche Artikel nicht mehr in Gebrauch? Nichts dergleichen? Also, warum wollen Sie da etwas ändern?«

»Ich dachte nur ... daß die Abteilung Materialprüfung ja auch unter Zeitdruck steht, und dann zwei Stunden zu vergeuden, um festzustellen, daß ein Besen ein Besen ist und fegen kann ...«

»Und falls er nun nicht fegen könnte? Oder falls er gar kein Besen wäre, sondern irgendein anderer Artikel, sagen wir, ein Flaschenzug oder ein Kugelschreiber oder ein Waggon Soda? Sie haben ja keine Ahnung, zu was für Betriebsstörungen es infolge eines Versandfehlers kommen kann. Und glauben Sie denn, es wäre ein leichtes, eine Spezifikation außer Kraft zu setzen? Gott sei Dank ist das nicht so einfach: Die Spezifikationen enthalten viel zuviel Substanz, viel zuviel Erfahrung, als daß man sie einfach so aus dem Verkehr ziehen könnte, durch einen Federstrich, auf Veranlassung des erstbesten. Lieber junger Mann, wir haben in diesem Hause vortreffliche Schutzvorkehrungen gegen gewisse Willkürmaßnahmen getroffen: Eine Spezifikation außer Kraft zu setzen ist ein Akt, der nur von einer Vollversammlung vollzogen werden kann. Und dann möchte ich mal wissen: Was interessiert es Sie eigentlich, wie diese oder jene Abteilung ihre Zeit verwendet? Ich denke, das ist wahrhaftig nicht Ihre Sache: Bemühen Sie sich lieber, Ihre eigene Zeit besser zu verwenden.«

Renaudo schwieg zerknirscht. Peirani fuhr in umgänglicherem Ton fort: »Sehen Sie, junger Mann, diese Dinge zu begreifen fällt am Anfang der Laufbahn schwer, das ist mir durchaus bewußt: alle jungen Leute kürzen Wege gern ab.

Aber eine Spezifikation ist eine ernsthafte, ja fundamentale Angelegenheit. Wenn Sie es genau bedenken, beruht die heutige Welt auf Spezifikationen, und sie funktioniert dann gut, wenn diese streng definiert sind, und schlecht, wenn sie es nicht sind oder ganz und gar fehlen. Ist Ihnen nie der Gedanke gekommen, daß die offensichtliche Kluft zwischen technischen und geistig-moralischen Theorien und die nicht minder offensichtliche Atrophie letzterer gerade der Tatsache geschuldet sind, daß es der geistig-moralischen Welt bislang an gültigen Definitionen und Toleranzwerten mangelt? Wenn es eines Tages nicht nur für alle Objekte, sondern auch für alle Begriffe wie etwa Gerechtigkeit, Anstand oder auch nur Profit, Ingenieur, Richter eine ordentliche Spezifikation geben wird, mit den entsprechenden Toleranzwerten und klar definierten Kontrollmethoden und Meßinstrumenten, nun, das wird ein großer Tag sein. Und auch eine Spezifikation der Spezifikationen dürfte nicht fehlen; darüber denke ich schon geraume Zeit nach. Aber zeigen Sie mir doch bitte noch einmal diesen Bogen.«

Renaudo reichte ihn Peirani, nicht ohne Widerstreben.

»Sehen Sie? Mir war doch irgendwie so: hier steht V. A. P., das ist mein Kürzel, Vittorio Amedeo Peirani, 6. Oktober 1934. Ich schäme mich dessen keineswegs, wissen Sie? Im Gegenteil, ich bin stolz darauf: mit dieser meiner Arbeit von vor dreißig Jahren habe ich einen Beitrag geleistet, einen kleinen, aber endgültigen Beitrag zur Ordnung des Betriebes und mithin zur Ordnung der Welt. Eine Spezifikation ist ein geheiligtes Werk: Mühe und Hingabe sind erforderlich, um sie zu erstellen, und auch Bescheidenheit, an welcher es Ihnen mangelt; doch sobald sie einmal erstellt und von den zuständigen Stellen bestätigt ist, muß sie bleiben, unverrückbar wie ein Eckpfeiler. Gehen Sie und führen Sie Ihre Arbeit fort; denken Sie nach über das, was ich Ihnen gesagt habe, und Sie werden sehen, ich habe recht.«

»Ist doch klar«, meinte Di Salvo und stellte sein Glas ab. »Wenn du den nach seiner Meinung fragst, kannst du nichts anderes erwarten. Er hat dir doch sicher auch was von der geistig-moralischen Welt erzählt, stimmt's?«

»Ja ja, vom Goldenen Zeitalter, wenn es für Anstand, Ingenieur und Buchhalter jeweils eine ordentliche schöne Spezifikation geben wird.«

»Ach, ›unsere schönen Dekretalien‹«, sagte Di Salvo. »Hast du nie Rabelais gelesen?«

»Nein, ich war doch am Realgymnasium.«

»Was macht das? Er geht alle an. Lies ihn: es ist nie zu spät dafür. ›Ihr, die ihr solchermaßen unsere schönen Dekretalien seht, geschrieben von der Hand eines Cherub‹, und ein Stück weiter: ›… auf Papier, auf Pergament, mit Miniaturen verziert oder gedruckt …‹: entschuldige, ich zitiere nach dem Gedächtnis, es steht im Vierten Buch, glaube ich. Kurz und gut, bei ihm findest du alles: unsere schönen Spezifikationen, Peirani, seinen fossilen Enthusiasmus, mich und dich selber auch. Wenn du ihn nicht hast, ich meine den Rabelais, dann borg ich ihn dir; aber kauf ihn dir, glaub mir, er ist für jeden modernen Menschen ein unentbehrliches Vademecum.«

Renaudo fuhr zusammen und rieb sich die Augen; gleich darauf lachte er über sich selbst, weil er sie sich gerieben hatte. Was hatte er denn damit zu erreichen geglaubt? Etwa den Text, den er da vor sich hatte, auszulöschen oder zu verändern?

Er war zur Spezifikation Nr. 366 478 gelangt: Mensch. Einfach so: Mensch. Es folgte die übliche Vorbemerkung, diesmal etwas weniger knapp gehalten als sonst, in der definiert wurde, was man unter einem menschlichen Wesen zu verstehen habe. In einem Zusatz war vermerkt, der fragliche Artikel werde von der Personalabteilung beschafft, und zwar nicht durch Ankauf, sondern durch Einstellung; da es sich aber trotzdem um Eingangsmaterial handele, sei die Abteilung Standardisierung unzweifelhaft zuständig für seine Einbeziehung und die Definition der Abnahmenormen. Renaudo blätterte hastig vor zur letzten Seite und war nicht überrascht, dort das Kürzel V. A. P. zu finden. Er kehrte zur ersten Seite zurück und versenkte sich in die Lektüre, doch nach wenigen Minuten hielt er es nicht mehr aus und rief Di Salvo über den Hausapparat an: »Komm doch mal sofort rüber. Guck dir an, was ich gefunden habe.«

Di Salvo beugte sich über seine Schulter: »›Zulässige Abmessungen‹: so haben sie das wirklich genannt. Aber das ist ja ein ganz heißes Ding! Und wer weiß, wie lange es schon im Archiv schmort.«

»2.2., Zulässige Abmessungen«, las Renaudo laut: »Körpergröße: 1500 mm bis 2050 mm ... Leergewicht: 48 bis 140 kg; Zugabewerte für die Dicke ... was mag das sein?«

»Hm ... Vielleicht meint er die Kleidung. Gib doch mal her.« Und ohne viel Umstände nahm Di Salvo ihm die Akte aus der Hand und las sie mit der sinnlichen Freude des Feinschmeckers laut vor.

»Maximale und minimale Querschnittswerte ... Also, das Ding nehm ich mit nach Hause, und wenn sie mich rausschmeißen! Guck mal, da sind zwei Schemazeichnungen mit den Normprofilen für Stirn, Brustkorb, Becken und Waden. Besser noch, ich zieh mir eine Fotokopie. 3.2.04: Biege- und Verdrehversuch ...«

Renaudo sprang auf und versuchte, die Blätter wieder zurückzuerlangen, die Di Salvo mit größter Selbstverständlichkeit an sich gerissen hatte, doch vergebens.

»Ein Glück, daß in der Fußnote festgehalten wird: ›Sofern möglich, sollten die Erprobungen zerstörungsfrei vorgenommen werden.‹ Sofern möglich, hast du verstanden?

Sehen wir weiter, hier zum Beispiel: 5.1.05: ›Hitze- und Kältebeständigkeit.‹«

»Diese Erprobung soll hoffentlich auch zerstörungsfrei vor sich gehen?«

»Ja, scheint so. Der Text lautet wie folgt: ›Die Hitze- und Kältebeständigkeit wird erprobt durch Verbringung des Probesubjekts in einen natürlich belüfteten thermostatischen Raum mit einem Volumen von 10± 2 m^3 bei Temperaturen von 45°C bzw. –10°C über eine Zeitdauer von vier Stunden. Innerhalb von 20' nach dem Herausnehmen sind die allgemeinen Abnahmeprüfungen wie spezifiziert unter 1.1.08 zu wiederholen.‹«

»Ziemlich human, immerhin. Ich hatte Schlimmeres erwartet.«

»Ja ja, ist nicht schlecht ausgetüftelt: unter 1.1.08 sind alle ärztlichen Einstellungsuntersuchungen und eine Reihe psychologischer Tests vorgesehen. Und was ist das? 5.2.01: Feuerbeständigkeit!«

»Nein, nun übertreib nicht: Das ist nur für die Angehörigen des Brandschutzes vorgeschrieben. Schau her: hier in der Fußnote wird es präzisiert.«

»Das aber ist für alle gedacht: ›4.3.03.: Prüfung auf Widerstandsfähigkeit gegen Äthylalkohol.‹«

»Ist doch richtig, meinst du nicht? Weißt du, daß ich allmählich Respekt kriege vor deinem Cavaliere Peirani?«

»Also, ich geh nicht noch einmal zu Peirani«, erklärte Renaudo entschieden.

»Natürlich nicht. Die Vorsicht gebietet, die Dinge so zu belassen, wie sie sind. Aber eine Kopie will ich mir ziehen, auch wenn ich damit die fristlose Entlassung wegen Verletzung von Dienstgeheimnissen riskiere; dann werden wir weitersehen.«

»Moment mal«, sagte Renaudo. »Du magst ja weitersehen, was du willst, aber ich will da nicht hineinverwickelt werden. Verantwortlich für diesen Wisch bin zur Zeit ich, und ich will nicht mit in die Mangel geraten.«

»Bravo«, gab Di Salvo zurück. »Nicht schlecht für einen Neuling: Du hast sofort die Spielregel Nummer eins begriffen, welche lautet: immer einen anderen vorschicken, der die Kastanien aus dem Feuer holt. Aber zunächst einmal müßte man meiner Ansicht nach feststellen, ob überhaupt Feuer unter den Kastanien ist. Ich meine, ob das nicht bloß eine harmlose Fingerübung des Alten ist, oder ob die Akte tatsächlich den Weg in die untere Etage genommen hat oder gerade nimmt.«

Renaudo schaute ihn verunsichert an: »Du meinst, in die Abteilung Materialprüfung?«

»Jawohl. Bestimmt ist sie nicht bestätigt worden, da ja weder du noch ich noch irgendein anderer, soweit bekannt, jemals dem Biege- und Verdrehversuch ausgesetzt wurde; aber man müßte herauskriegen, wo sie hängengeblieben ist und weshalb.«

Durch zwei vorsichtige Anrufe war der Tatbestand zu klären: Die Spezifikation, die mit vollen Segeln aus Peiranis Büro auf die Reise gegangen war, ruhte seit mehreren Jahren in einem Archiv der unteren Etage, in Erwartung eines Bestätigungsvermerks durch den Abteilungsleiter.

»Das ist meiner Ansicht nach Dummheit und Feigheit zugleich«, meinte Renaudo. »Entweder man tut etwas oder man tut es nicht. Wenn die Spezifikation verfehlt oder blödsinnig oder abscheuerregend war, wie sie mir erscheint, dann hätten sie sie annullieren, vernichten müssen, und nicht schmoren lassen.«

»Das ist ein typischer Fall für die praktische Anwendung der obengenannten Regel Nummer eins. Absolut verständlich, daß niemand sich das aufhalsen wollte: viel besser, viel einfacher und sicherer, man läßt den Vorgang versanden; ja, eben das ist wiederum die Regel Nummer zwei. Ein dienstlicher Vorgang ist ein seltsamer Vogel, mußt du wissen. In mancher Hinsicht ähnelt er einem Samenkorn, in anderer einem Wisent. Gefährlich und auch zwecklos ist es, ihn zu provozieren und sich vor ihn hinzustellen, wenn er zum Angriff losstürmt: Er rennt dich über den Haufen und setzt seinen Weg fort. Aber es kann auch riskant sein, sich nicht mit ihm zu befassen: In diesen Fällen bildet er häufig in irgendeiner Schublade eine Zyste aus und gibt monate- oder jahrelang kein Lebenszeichen; dann aber, wenn du am wenigsten damit rechnest, treibt er Wurzeln und einen Stengel, wächst, durchstößt die Erde über sich, und binnen einer Woche ist er zu einem tropischen Baum mit eisenhartem Stamm, strotzend von giftigen Früchten, geworden. Kurz, er kann gewalttätig sein oder heimtückisch; zu unserem Glück aber gibt es die Einrichtung des Versandenlassens, die sich gegen beide erwähnten Erscheinungsformen gebrauchen läßt: Beachte bitte die Eleganz und Treffsicherheit des Ausdrucks. Es ist eine Schutzvorkehrung mit Mehrzweckfunktion: Sandsäcke gegen den Wisent, ein steriles Sandbett um das Samenkorn herum.«

»Danke für die Lektion, sie wird mir noch von Nutzen sein. Aber was machen wir jetzt? Welche Regel wenden wir an, die erste oder die zweite oder eine ganz andere, die du mir noch erklärst? Ich will keinen Ärger, das hab ich dir schon gesagt. Sollen sie ruhig die Menschen einer Abnahmeprüfung unterziehen, von mir aus auch alle zehn Jahre Werkstoffproben entnehmen, wie man es bei Druckkesseln macht, ich will deswegen nicht in die Klemme geraten. Und ich weiß nicht, was ich machen soll: Die Akte vernichten, das trau ich mich nicht, denn es würde ein Loch zurückbleiben; man könnte sie im Sande ruhen lassen, dann aber kann es passieren, daß sie die Erde durchstößt, wie du gesagt hast; zeichne ich sie ab, ist es eine Befürwortung, und das widerstrebt mir, weil es sich um menschenfeindlichen

Blödsinn handelt; zeichne ich sie nicht ab, ist es Nachlässigkeit ...«

»Ich würde das nicht allzu tragisch nehmen. Hör zu: Überlaß sie mir jetzt für eine Viertelstunde, damit ich eine Kopie ziehen kann. Ja, keine Angst, ich mach es persönlich; nach Dienstschluß, wenn alle weg sind. Niemand braucht etwas zu erfahren, jedenfalls vorerst nicht.«

Renaudo fand Spaß daran, seine Mitmenschen zu klassifizieren; nicht, daß er sie auf ein Schema reduzierte, gern jedoch verweilte er mit dem Interesse des Liebhabers bei ihren Ähnlichkeiten und Unähnlichkeiten, suchte ihre Verhaltensweisen zu erahnen, in den Beweggründen zu stöbern, aus denen die Worte und Taten erwachsen. Bei Di Salvo nun war er verwirrt: er spürte, daß er scharfsinnig und flexibel war, zugleich aber auch ausgeglüht, verschlissen und ein wenig schmuddelig, als ob er in sich eine blau geschlagene, verbeulte Stelle habe, die dann so gut es ging zugeschmiert worden war, um den Schaden zu verdecken. Er fühlte sich Di Salvo gegenüber gespalten: Einerseits spürte er das deutliche Verlangen, in dessen Innerstes einzudringen, andererseits eine Scheu, die ihn im letzten Augenblick den Mund wieder schließen ließ, noch bevor die vertrauliche Mitteilung oder das Geständnis ausgesprochen war, die ihn zu seinem Freund machen, ihn zugleich aber seinen Händen nackt ausliefern würde, wie eine Fliege zwischen den Fangbeinen einer Gottesanbeterin.

Am Morgen darauf kam Di Salvo in bester Laune zu ihm ins Zimmer und warf ihm mit gespielter Lässigkeit die Akte auf den Tisch.

»Da hast du sie. Besser, du verwahrst sie vorsichtshalber selber; doch ich denke, wir beide sind aus dem Schneider.«

»Wieso?«

»Wir liegen innerhalb der Toleranzwerte, meine ich. Ich

kenne dich zwar gar nicht besonders gut, aber immerhin habe ich mich mit dir unterhalten, sehe, daß du gesund bist, dich nicht mit Politik befaßt (oder zumindest nicht sichtbar, und darauf kommt es an), ich weiß, daß du Tennis spielst, daß du sonntags zur Messe und zum Fußball gehst, daß du eine Freundin und einen Kleinwagen hast. Kurz und gut, du entsprichst den Vorschriften und hast nichts zu befürchten. Ich übrigens auch nicht; überhaupt, weißt du, die Spezifikation gelesen zu haben ist nur von Vorteil. Denk nur an den Manteltest oder, hier, an den Brieftaschentest: Widerstandsfähigkeit gegen Versuchungen, Punkt 8.5.03.: die reinste Kinderei, urteile selbst.«

»Und du möchtest also …?«

»Den Wisent loslassen, jawohl. Das ist ein geheiligtes Werk der Gerechtigkeit, und außerdem wird es einen herrlichen Spaß geben; etwas, was in diesem Hause noch nicht da war. *Quidquid latet apparebit**, so steht es doch geschrieben, oder?«

»Ja, und auch: *nil inultum remanebit***. Aber handelt es sich da nicht nur um die Eingangskontrollnormen für die Neueingestellten?«

»Nicht nur: hier unten ist noch eine Übergangsnorm zu finden, die vorschreibt, ›alle bereits in Dienst gestellten Einheiten‹ innerhalb von neunzig Tagen nach Inkrafttreten der Spezifikation der Kontrolle zu unterziehen.«

»Also du meinst, der Cavaliere hat sich eigenhändig selber mit in den Sack gesteckt?«

»Wahrscheinlich. Ich kenne diesen Typ Mensch: Er ist ein Perfektionist, oder besser gesagt, er war es, denn inzwischen, das hast du ja erlebt, ähnelt er eher einem Säulenheiligen.«

* Was verborgen ist, wird zum Vorschein kommen.

** Nichts wird ungestraft bleiben.
Beide Zitate stammen aus dem lateinischen Text des *Requiems* (Anm. d. Übers.)

»Ich kenne diesen Typ Mensch auch: Er sagt: ›*Right or wrong, my country*‹, der brave Untertan mit Kadavergehorsam. Aber hat er sich nicht überlegt, daß es ganz sinnlos ist, die gleichen Leistungen genauso von einer fünfundzwanzigjährigen wie von einer sechzigjährigen ›Einheit‹ zu verlangen?«

»Das hat er sich schon überlegt. Lies nur hier, Punkt 1.9. ›Nachkontrolle. Da es sich um einen der Qualitätsminderung unterliegenden Artikel handelt, sind die Prüfungen gemäß Punkt 2, 3, 4, 5, 6, 7 und 8 nach Ablauf des 20. Jahres, gerechnet vom Einstellungsdatum an, zu wiederholen. Die Toleranzwerte für die Abmessungen und das Gewicht bleiben dabei unverändert. Um jeweils 35 v. H. vermindert werden die Minimalanforderungen betreffs Intelligenzquotient (4.2.01.), Kurzzeitgedächtnis (4.2.04.), Mittel- und Langzeitgedächtnis (4.2.05.), Einstellung gegenüber Dienstanweisungen (4.4.06.), Erschöpfungsgrenze bei plötzlicher und bei dauerhafter Belastung (5.2.02.), Wetterfühligkeit (5.3.11.) und emotionaler Stabilität (7.1.07.). Um 50 v. H. zu vergrößern sind die zulässigen Maximalwerte für die Reaktionszeit (7.3.01.) sowie alle Schwellenwerte sensorischer Wahrnehmung (7.5.03.) ...‹ Ich lese aufs Geratewohl daraus vor, weißt du, das geht so weiter über anderthalb Seiten ... Ach, das noch, hör zu: ›Der Gefügigkeitstest nach Schmaal braucht nicht wiederholt zu werden, weil diese Eigenschaft im Laufe der Zeit zu spontanem Anwachsen tendiert.‹ Ist doch hübsch, nicht?«

Renaudo war perplex: »Also den Gefügigkeitstest besteht der garantiert, aber bei der Probe auf Hitzebeständigkeit möchte ich ihn doch mal erleben! Übrigens, geschieht ihm ganz recht, er hat es so gewollt. Ja, ich denke nun auch, das Risiko ist für uns nicht sehr groß; bei mir gibt es allerdings einen Haken. Für die Überprüfung bin derzeit ich verantwortlich, und ich habe die Probezeit noch nicht hinter mir, und da möchte ich nicht ...«

»Wenn du Angst hast vor dem Skandal, dann sei beruhigt: Wir halten dich da raus. Es gibt hunderterlei Methoden, die Pflanze zum Keimen zu bringen: auch auf diskrete, stille, anonyme Art und Weise. Das übernehme ich, und zwar sehr gern, kann ich dir versichern. Die Initiative braucht nicht von hier auszugehen: es genügt schon ein Wörtchen, das man mal so nebenbei im Flur fallenläßt ...«

»Und ... entschuldige, aber: Weshalb tust du das? Willst du dem Cavaliere wirklich das Fell abziehen?«

»Das auch, ja. Aber außerdem ... sei doch mal ehrlich, bist du begeistert von diesem System? Hast du Lust, zwischen all diesen Dekretalien herumzuschwimmen?«

»Lust nicht. Aber eben, da haben wir eine neue Regel, die schlimmste von allen: Besser ein versandeter Wisent als ein angreifender Wisent.«

»Das ist ein oberflächlicher und kurzsichtiger Standpunkt, man muß weiter blicken, auch wenn ein paar Risiken und Unbequemlichkeiten damit verbunden sind; man muß die Widersprüche des Systems zum Ausbruch bringen, wie man zu sagen pflegt. Und mich reizt die Eleganz des Spiels und daß es so gerecht ist und mit sparsamen Mitteln auskommt: die Dekretalien werden sich selbst zur Strecke bringen. Durch deine Hand, wenn du es willst – wenn nicht, dann durch meine.«

Das am Schwarzen Brett angeschlagene Rundschreiben wirkte so harmlos wie nur irgendwas auf der Welt. Es besagte lediglich, alle Belegschaftsangehörigen sollten sich innerhalb eines Monats bei der Abteilung Materialprüfung zwecks einer Information melden: doch im Laufe weniger Stunden wurde die Atmosphäre in allen Büros und allen Abteilungen unerträglich. Die Direktion wurde überschwemmt mit Anträgen auf Fristverlängerung; an demselben Schwarzen Brett tauchten Werbedrucksachen von Athletikklubs, Einrichtungen zur körperlichen Ertüchtigung, Warm- und Kaltwasserbädern, rumänischen und bulgarischen Kuren und Abend- und Fernschnellkursen auf.

Und wiederum an demselben Schwarzen Brett war wenige Tage darauf ein offener Brief in äußerst würdigem Ton zu lesen, der wie folgt lautete:

»Betr. Spezifikation Nr. 366 478.

Ich, der Unterzeichnete, Cav. Peirani Vittorio Amedeo, erkläre hiermit, daß ich folgender geforderter Eigenschaften gemäß obiger Spezifikation verlustig gegangen bin: insbesondere betr. der Punkte 5.3.10. (Widerstandsfähigkeit gegen Feuchtigkeit) und 4.2.04. (Kurzzeitgedächtnis) sowie des gesamten Unterbereichs 3.4. (Prüfungen auf Ermüdbarkeit). Ich reiche darum meinen Antrag auf Ausscheiden aus dem Dienst ein, von Trauer und doch zugleich vom beruhigenden Bewußtsein erfüllt, achtunddreißig Jahre lang all meine Kräfte der Festigung des Systems, an das ich glaube, gewidmet zu haben. Ich empfehle der geschätzten Direktion, nicht von der bislang befolgten Verhaltensrichtlinie betreffs Standardisierungsverfahren abzuweichen, und ich erhoffe mir, daß meine Kollegen und Nachfolger jegliche Anstrengung zur Vermeidung von Wiederholungen solch bedauerlicher Fälle unternehmen, bei denen fundamentale Vorschriften vernachlässigt werden oder in Vergessenheit geraten, wie bei der og. Spezifikation geschehen, welche so viele Jahre lang nicht zur Anwendung kam.«

Wie Peirani es wünschte, bleibt das System in der Tat erhalten. In jenem Betrieb, in dem sich diese Geschichte ereignete, ist es nach wie vor in Kraft, und bekanntlich befindet es sich in üppiger Entfaltung und breitet sich auf alle Zweige der menschlichen Arbeit aus, in allen Teilen der

Welt, wo der Mensch zum Homo faber geworden ist und wo man der Normierung, der Vereinheitlichung, Programmierung, Standardisierung und Rationalisierung der Produktion die gebührende Beachtung schenkt.

Psychofant

Wir sind ein ziemlich exklusiver Freundeskreis. Wir fühlen uns, Männer wie Frauen, zusammengehörig dank einer ernsthaften und tiefen Bindung, die seit langem besteht und kaum Erneuerung erfuhr; sie besteht darin, daß wir wichtige Jahre miteinander verlebt haben, und dies, ohne allzu große Schwächen zu zeigen. In der Folgezeit haben sich unsere Wege, wie es eben so geht, getrennt, einige von uns haben Kompromisse geschlossen, andere haben sich gegenseitig verletzt, absichtlich oder unabsichtlich, wieder andere haben es verlernt zu reden, oder sie haben ihre Antennen eingebüßt; trotzdem kommen wir immer sehr gern zusammen: Wir vertrauen einander, schätzen uns gegenseitig, und welches Thema wir auch behandeln, stets stellen wir voll Freude fest, daß wir doch nach wie vor dieselbe Sprache (manche nennen es einen Jargon) sprechen, auch wenn unsere Ansichten nicht immer übereinstimmen. Unsere Kinder legen eine Neigung an den Tag, sich allzu früh von uns abzunabeln, aber sie sind untereinander durch eine Freundschaft verbunden, die der unseren ähnelt, was uns eigenartig und schön anmutet, denn sie hat sich spontan, ohne unser Zutun, entwickelt. Jetzt bilden sie eine Gruppe, die in vieler Hinsicht jene wiederaufleben läßt, die wir in ihrem Alter darstellten.

Wir erklären uns für aufgeschlossen, weltoffen, kosmopolitisch; so fühlen wir uns in unserm Innersten, und wir verachten heftig jegliche Absonderung nach Vermögen, Kaste oder Rasse, und doch ist unser Kreis de facto so abgeschlossen, daß er, obwohl von den »anderen« in aller Regel mit Respekt behandelt, im Laufe von dreißig Jahren nur ganz wenige Neulinge aufgenommen hat. Aus Gründen, die ich mir selbst nur mit Mühe zu erklären vermag und auf die ich mir jedenfalls nichts einbilde, würde es uns unnatürlich vorkommen, jemanden aufzunehmen, der nördlich des Corso Regina Margherita oder westlich des Corso Racconigi wohnt. Bei den Verheirateten unter uns wurde keineswegs in jedem Fall der Partner akzeptiert; in der Regel werden endogame Paare bevorzugt, und das sind unter uns nicht wenige. Ab und an gewinnt jemand einen Freund außerhalb unseres Kreises und bringt ihn mit, aber selten nur kann sich dieser integrieren; zumeist wird er ein-, zweimal eingeladen und wohlwollend behandelt, aber beim nächstenmal ist er abwesend, und der Abend wird dem Studium, der Kommentierung und Klassifizierung seiner Person gewidmet.

Einstmals empfing ein jeder von uns in unregelmäßigem Wechsel alle übrigen. Dann kamen die Kinder, manche von uns sind nach außerhalb der Stadt gezogen, andere haben die Eltern bei sich im Haus und wollen ihnen keine Störung zumuten; so ist gegenwärtig nur noch Tina übriggeblieben, die Leute zu sich einlädt. Das macht sie gern und somit gut; es gibt bei ihr vorzügliche Weine und exzellentes Essen, sie ist lebhaft und neugierig, hat immer Neues zu erzählen und erzählt es auf charmante Weise, sie versteht es, Leute so zu behandeln, daß sie sich wohl fühlen, sie interessiert sich für die Angelegenheiten anderer und erinnert sich ihrer ganz genau, ihr Urteil ist streng, aber sie mag fast alle gern. Sie steht im Verdacht, Beziehungen zu anderen Gruppen zu unterhalten, aber ihr (und nur ihr) wird diese Untreue bereitwillig verziehen.

Es läutete, und Alberto kam, spät wie gewöhnlich. Wenn Alberto ein Haus betritt, dann scheint das Licht heller zu werden, alle fühlen sich besser gelaunt und sogar gesünder, denn Alberto ist einer jener Ärzte, die Kranke schon gesund machen, wenn sie sie nur anschauen und mit ihnen reden. Von Patienten, mit denen er befreundet ist (und wenige Menschen auf der Welt haben so viele Freunde wie Alberto), läßt er sich nicht bezahlen, und darum bekommt er zu Weihnachten immer eine Flut von Geschenken. An jenem Abend hatte er soeben ein solches Geschenk erhalten, aber etwas anderes als die üblichen Flaschen mit Spitzenweinen und das übliche unnütze Autozubehör; es war ein ungewohntes Geschenk, es brannte ihm in den Händen, und er wollte es mit uns zusammen einweihen, weil es sich wohl um eine Art Gesellschaftsspiel handelte.

Tina widersetzte sich nicht, aber es war leicht zu merken, daß sie die Sache nicht gern sah: Sie fühlte sich wohl ihrer Autorität enthoben und fürchtete, die Zügel des Abends könnten ihr entgleiten. Aber es ist kaum möglich, Albertos Wünschen zu widerstehen, die zahlreich, unvorhersehbar, launig und dringlich sind: Wenn Alberto etwas will (und das geschieht alle Viertelstunden), dann schafft er es im Handumdrehen, daß alle es wollen, und so bewegt er sich stets an der Spitze eines Schwarms von Gefolgsleuten. Er bringt sie dazu, um Mitternacht zu einem Schneckenessen aufzubrechen oder am Breithorn Ski zu fahren oder sich einen pikanten Film anzusehen oder mitten in den Hundstagen nach Griechenland zu reisen oder bei ihm zu Hause etwas zu trinken, während Miranda schläft, oder jemanden zu finden, der ihn zwar keineswegs erwartet hat, ihn aber trotzdem mit offenen Armen empfängt, und zwar ihn selbst und alle seine Begleiter und dazu auch noch die übrigen Manns- und Weibspersonen, die er unterwegs aufgelesen hat. Alberto erklärte, in der Schachtel sei ein Instrument mit Namen Psychofant, und angesichts eines solchen Namens könne es kein Zögern geben.

Im Nu war ein Tisch leergeräumt, wir alle setzten uns drumherum, und Alberto öffnete die Schachtel. Er zog ein breites, flaches Ding hervor, bestehend aus einem rechteckigen Tablett aus durchsichtigem Plastikmaterial, das auf einem Sockel aus schwarzlackiertem Metall ruhte; dieser Sockel stand an einer Schmalseite des Tabletts gute dreißig Zentimeter über, und in diesem Teil befand sich eine flache Vertiefung, geformt wie eine linke Hand. Es gab ein Kabel und einen Stecker, wir schlossen ihn an die Steckdose an, und während der Apparat warm wurde, las uns Alberto laut die Bedienungsanleitung vor. Sie war sehr vage und in miserablem Italienisch abgefaßt, besagte aber im Kern, daß das Spiel oder der Zeitvertreib darin bestand, die linke Hand in die Mulde zu legen: Auf dem Tablett würde sodann »das innere Bild« des Spielers erscheinen, wie die Bedienungsanleitung sich unbeholfen ausdrückte.

Tina lachte: »Es wird so etwas sein wie diese Fischlein aus Zellophan, die vor dem Krieg im Schwange waren: man legte sie sich auf die Handfläche, und je nachdem, ob sie sich zusammenringelten oder erzitterten oder zu Boden fielen, konnte man seinen Charakter erraten. Oder wie das Zupfen an einem Gänseblümchen: Er liebt mich, er liebt mich nicht.« Miranda sagte, wenn die Sache so sei, wolle sie lieber Nonne werden als die Hand in die Mulde legen. Es wurde noch mancherlei in die Runde gerufen, die Stimmen schwirrten laut durcheinander. Ich sagte, wenn jemand unbedingt Wunder erleben wolle, dann könnten wir genausogut zum Jahrmarkt auf die Piazza Vittorio gehen; wieder andere aber stritten sich, wer den ersten Versuch machen sollte, schlugen diesen oder jenen vor, dieser oder jener aber wehrte das unter verschiedenen Vorwänden ab. Allmählich gewann die Partei die Oberhand, die Alberto selbst auf Erkundung ausschicken wollte. Alberto konnte sich gar nichts Besseres wünschen: Er nahm vor dem Gerät Platz, legte die

Linke in die Vertiefung und drückte mit der Rechten den Knopf.

Urplötzlich wurde es still. Auf dem Tablett bildete sich zunächst ein kleiner runder Fleck, orangefarben, ähnlich einem Eidotter. Dann schwoll er an, wurde nach oben zu länglich, und diese Spitze verbreiterte sich wieder und nahm die Form eines Pilzhutes an; über die gesamte Fläche verstreut erschienen zahlreiche kleine vielzackige Flecken, einige smaragdgrün, andere scharlachrot, wieder andere grau. Der Pilz wuchs zusehends, und als er eine Spanne hoch war, fing er schwach zu leuchten an, als ob in ihm ein rhythmisch pulsierendes Flämmchen brenne; ein angenehmer, aber scharfer Geruch, ähnlich wie Zimt, ging von ihm aus.

Alberto nahm den Finger vom Knopf, und da hörte das Pulsieren auf, und das Licht erlosch allmählich. Wir waren im Zweifel, ob man das Ding anfassen könnte oder nicht. Anna meinte, besser nicht, denn es würde sich bestimmt sofort auflösen; ja vielleicht existiere es gar nicht, sei eine reine Sinnestäuschung, wie ein Traum oder eine kollektive Halluzination. Die Bedienungsanleitung gab keinen Hinweis, was man mit den Abbildern tun könnte oder sollte, Henek aber bemerkte klug, anfassen müsse man es schon, und sei es auch nur, um das Tablett freizubekommen: es wäre ja absurd, wenn man den Apparat nur einmal gebrauchen könnte. Alberto löste den Pilz von dem Tablett, nahm ihn aufmerksam in Augenschein und erklärte sich zufrieden; ja, sagte er, er sei sich immer orangefarben vorgekommen, seit seinen Kindertagen. Wir reichten den Pilz herum: Er war fest, elastisch und fühlte sich lauwarm an. Giuliana erbat ihn sich als Geschenk; Alberto trat ihn ihr bereitwillig mit der Bemerkung ab, er könne sich ja immer wieder neue machen. Henek wies ihn darauf hin, daß diese vielleicht anders ausfallen würden, doch Alberto meinte, das sei ihm egal.

Viele drängten darauf, nun sollte es Antonio versuchen. Antonio ist heutzutage nur noch Ehrenmitglied unseres Kreises, da er seit vielen Jahren weit entfernt wohnt und an jenem Abend nur anläßlich einer Geschäftsreise zu uns gestoßen war; wir waren neugierig zu sehen, was sich bei ihm auf dem Tablett bilden würde, denn Antonio ist anders als wir, entschlossener, stärker erfolgs- und gewinnorientiert; das sind Tugenden, die zu besitzen wir hartnäckig abstreiten, als ob wir uns ihrer schämen müßten.

Eine gute Minute lang passierte gar nichts, und schon grinste jemand spöttisch, und Antonio schien sich nicht wohl in seiner Haut zu fühlen. Dann sah man von dem Tablett einen quadratischen Metallstab aufsprießen; er wuchs langsam und regelmäßig, als ob er bereits unterhalb des Tabletts schön und glatt ausgebildet wäre. Bald sprossen noch weitere vier Stäbe empor, kreuzförmig um den ersten gruppiert; es bildeten sich vier Querverbindungen zwischen dem ersten und den neuen Stäben; und nach und nach erschienen weitere kleine Stäbe, allesamt von quadratischem Querschnitt, einige vertikal, andere horizontal angeordnet, und am Ende erhob sich auf dem Tablett ein kleines, hübsches und schimmerndes Bauwerk, das solide und symmetrisch wirkte. Antonio klopfte mit einem Bleistift daran, und es gab einen Ton wie eine Stimmgabel von sich, einen langen, reinen Ton, der langsam ausklang.

»Damit bin ich nicht einverstanden«, sagte Giovanna.

Antonio lächelte friedfertig und fragte: »Weshalb nicht?«

»Weil du nicht so bist. Du bestehst nicht nur aus rechten Winkeln, bist nicht aus Stahl und hast auch ein paar gerissene Schweißnähte.«

Giovanna ist Antonios Frau und hat ihn sehr gern. Uns schien, es bestünde kein Grund für so viele Bedenken, doch Giovanna erklärte, niemand könne Antonio besser kennen als sie, die seit zwanzig Jahren mit ihm zusammenlebte. Wir hieben aber nicht in dieselbe Kerbe, denn Giovanna gehört zu jener Sorte Ehefrauen, die ihren Mann in seinem Beisein öffentlich schlechtmachen.

Das Antonio-Objekt schien auf dem Tablett verwurzelt zu sein, doch wenn man leicht daran zog, löste es sich sauber von dem Tablett, und es war auch gar nicht so schwer, wie es aussah. Nun war Anna an der Reihe, die schon vor Ungeduld auf ihrem Stuhl herumzappelte und immer wieder erklärte, einen solchen Apparat habe sie sich schon immer gewünscht und ein paarmal sogar im Traum gesehen, nur daß der ihrige Symbole in Lebensgröße erzeugte.

Anna legte die Hand auf die schwarze Platte. Alle schauten auf das Tablett, doch auf ihm war nichts zu sehen. Plötzlich rief Tina: »Guckt mal, da oben ist es!« Und in der Tat, einen halben Meter über dem Tablett schwebte ein etwa faustgroßes rosaviolettes Dampfwölkchen; es dröselte sich langsam auf wie ein Garnknäuel und bildete senkrecht nach unten zahlreiche durchsichtige Schleier aus. Dabei veränderte es laufend seine Gestalt: es wurde oval wie ein Rugbyball, wobei es jedoch sein durchsichtig-zartes Aussehen beibehielt, zergliederte sich dann in übereinanderliegende Ringe, zwischen denen knisternde Fünkchen aufstoben, schließlich zog es sich zur Größe einer Walnuß zusammen, woraufhin es sich mit einem leisen Puffen in Nichts auflöste.

»Sehr schön, und auch zutreffend«, meinte Giuliana.

»Ja«, sagte Giorgio, »aber ärgerlich an der ganzen Sache ist eines: Du weißt nie, wie du die Gebilde benennen sollst. Sie bleiben immer undefinierbar.«

Miranda meinte, das sei auch besser so: Es wäre unangenehm, wenn man sich als einen Kochlöffel, eine Querpfeife oder eine Mohrrübe dargestellt fände. Giorgio warf ein, bei genauem Überlegen könnte es ja auch gar nicht anders sein: »Diese ... diese Gebilde, sagen wir mal, haben keinen

Namen, weil es Individuen sind, und es gibt keine Wissenschaft, das heißt keine Klassifizierung des Individuums. Auch bei ihnen geht wie bei uns das Sein dem Wesen voraus.«

Die Anna-Wolke hatte allen gefallen, außer Anna selbst, die sogar ziemlich verärgert war: »Ich komme mir nicht so durchsichtig vor. Aber vielleicht liegt das daran, daß ich heute abend müde und durcheinander bin.«

Ugo brachte eine schwarze, polierte Holzkugel hervor, die bei genauerer Prüfung aus etwa zwanzig Bausteinen bestand, die haargenau ineinanderpaßten; Ugo zerlegte sie und bekam sie dann nicht wieder zusammen. Er packte sie in eine Tüte und sagte, er wolle es am nächsten Tag, das war ein Sonntag, noch einmal probieren.

Claudio ist schüchtern und willigte erst nach vielfachem Drängen in den Test ein. Zunächst, als auf dem Tablett selbst noch gar nichts zu sehen war, nahm man in der Luft einen vertrauten, aber unerwarteten Geruch wahr; so aus dem Stand hatten wir Mühe, ihn zu definieren, zweifellos aber war es ein Küchenduft. Gleich danach zischte es, und der Boden des Tabletts bedeckte sich mit einer brodelnden, rauchenden Flüssigkeit; aus der Flüssigkeit tauchte ein flaches, blaßgraues, unregelmäßig geformtes Etwas auf, das ganz unzweifelhaft ein dickes Schnitzel nach Mailänder Art mit Pommes-frites-Beilage war. Verwunderte Bemerkungen wurden laut, denn Claudio ist weder ein Feinschmecker noch ein Vielfraß, ja wir pflegen über ihn und seine Familie zu sagen, sie seien ohne Verdauungsapparat zur Welt gekommen.

Claudio war rot geworden und blickte verlegen in die Runde. »Wie rot du geworden bist!« rief Miranda aus, woraufhin Claudio sich fast violett verfärbte; und dann setzte sie, an uns gewandt, hinzu: »Also von wegen Sinnbild und Symbol. Es ist klar zu sehen, daß dieses Dingsda ein Rüpel ist und Claudio beleidigen wollte: Jemandem zu sagen, er sei ein Schnitzel, ist eine Beleidigung. Mit solchen Sachen muß man es genau nehmen, ich wußte doch, daß es früher oder später soweit kommen würde. Alberto, ich an deiner Stelle würde das Ding dem zurückgeben, der es dir geschenkt hat.«

Unterdes hatte Claudio wieder genug Luft, um zu sprechen, und er sagte, er sei nicht rot geworden, weil er sich beleidigt fühlte, sondern aus einem anderen Grund; die Sache sei so interessant, daß er drauf und dran sei, sie uns zu erzählen, obwohl es ein Geheimnis von ihm sei, das er bisher noch keinem Menschen, nicht einmal Simonetta, anvertraut hatte. Er habe, so sagte er, etwas an sich, was nicht gerade ein Laster oder eine Perversion, aber doch eine Eigenheit sei. Schon seit seinen Knabenjahren seien ihm die Frauen, eine wie die andere, als ferne Wesen erschienen: er verspüre so lange ihre Nähe und Anziehung nicht, nehme sie nicht als Geschöpfe aus Fleisch und Blut wahr, bis er sie wenigstens einmal beim Essen beobachtet habe. Sobald das geschehen sei, empfinde er für sie starke Zärtlichkeit und verliebe sich fast jedesmal in sie. Es war klar, daß der Psychofant eben darauf hatte hindeuten wollen: seiner Ansicht nach war das ein ganz außerordentliches Instrument.

»Hast du dich auch in mich verliebt?« fragte Adele ernst.

»Ja«, antwortete Claudio, »es ist an dem Abend passiert, als wir alle zusammen in Pavarolo gegessen haben. Es gab Fondue mit Trüffeln.«

Auch Adele war eine Überraschung. Kaum hatte sie den Knopf mit dem Finger berührt, hörte man ein deutliches »Plopp«, wie wenn ein Korken aus der Flasche springt, und auf dem Tablett erschien eine rötliche, plump-unförmige, leicht konisch zulaufende Masse aus einem rauhen, spröden, sich trocken anfühlenden Material. Sie war so groß wie das gesamte Tablett, ja, sie ragte sogar ein wenig darüber hinaus. Darin eingesenkt waren drei weißgraue Bälle; wir erkannten sofort, daß es drei Augen waren, aber niemand wagte es auszusprechen oder es irgendwie zu kommentieren, denn Adeles Leben war etwas chaotisch, leidvoll und schwierig verlaufen. Sie war verstört: »Das soll ich sein?« fragte sie, und wir bemerkten, daß ihr Tränen in die Augen (ich meine, in den richtigen) standen.

Henek versuchte sie zu trösten: »Es ist unmöglich, daß dir ein Apparat sagt, wer du bist, weil du nichts bist. Du und wir alle, wir verwandeln uns von Jahr zu Jahr, von Stunde zu Stunde. Und außerdem: Wer bist du? Die du zu sein glaubst? oder die du sein möchtest? oder die, für die die anderen dich halten? Und welche anderen? Jeder sieht dich anders, jeder hat von dir seine persönliche Anschauung.«

Miranda sagte: »Mir gefällt dieses Ding nicht, weil es so naseweis ist. Meiner Ansicht nach ist wichtig, was einer tut, nicht, was er ist. Jeder besteht aus seinen eigenen Handlungen, den früheren und den jetzigen, nichts weiter.«

Mir hingegen gefiel der Apparat. Es war mir gleich, ob er die Wahrheit sagte oder log, er zog jedenfalls etwas aus dem Nichts, er erfand: er *fand* etwas, wie ein Dichter. Ich legte meine Hand auf die Platte und wartete ohne Argwohn. Auf dem Tablett erschien ein glattes Körnchen, das anschwoll und einen kleinen Zylinder von der Größe eines Fingerhuts bildete; es wuchs noch weiter und hatte alsbald die Ausmaße einer Büchse erreicht, und dann sah man, es war tatsächlich eine Büchse, genauer, eine Farbbüchse, außen waren leuchtendbunte Streifen aufgedruckt; allerdings schien sie keine Farbe zu enthalten, denn beim Schütteln klapperte sie. Die anderen redeten mir zu, sie aufzumachen, und ich fand darin verschiedene Dinge, die ich vor mir auf dem Tisch aufreihte. Eine Nadel, eine Muschel, einen Malachitring, mehrere entwertete Straßenbahn-, Eisenbahn-, Dampfer- sowie Flugtickets, einen Zirkel, eine tote und eine lebende Grille sowie ein Bröckchen glühender Holzkohle, das jedoch fast im selben Augenblick verlosch.

Auf die Stirn geschrieben

Um neun Uhr morgens, als Enrico eintrat, warteten bereits sieben weitere Personen; er setzte sich, wählte aus dem Stapel auf dem Tisch eine Zeitschrift aus, die am wenigsten zerfledderte, die er finden konnte; aber es war eine jener elend nutzlosen und langweiligen Publikationen, die sich, niemand weiß, wieso, just dort ansammeln, wo Menschen zum Warten genötigt sind. Es ist unbegreiflich, wer sich die Mühe macht, sie dem Nichts zu entreißen; sie zu lesen könnte keinem denkenden Menschen je einfallen: noch leerer, noch käuflicher und noch abgeschmackter als die Filmzeitschriften. Die er da vor sich hatte, berichtete von regionalem Handwerk, wurde unter dem Zeichen irgendeiner nie gehörten Institution herausgegeben, und auf jeder Seite war ein Staatssekretär zu sehen, der bei einer Einweihung das Band durchschnitt. Enrico legte die Zeitschrift weg und schaute sich um.

Zwei sahen aus wie Rentner, sie hatten derbe, knotige Hände; dann war da eine Frau um die Fünfzig, einfach gekleidet, mit müdem Ausdruck; die übrigen vier schienen Studenten zu sein. Eine Viertelstunde war verstrichen, als die Tür am Ende des Raumes aufging und ein aufgedonnertes Mädchen in gelbem Kittel fragte: »Wer ist der erste?« Es vergingen nur drei oder vier Minuten, und das Mädchen tauchte erneut auf; Enrico wandte sich an seinen Nachbarn, einen der Studenten, und meinte: »Es scheint schnell zu gehen.« »Ist nicht gesagt«, gab der andere zurück, brummig und mit der Miene des Sachverständigen. Wie gern, wie leicht und wie schnell übernimmt man doch die Rolle des erfahrenen Sachverständigen, und sei es auch nur in einem

Wartezimmer! Aber der Sachverständige vom Dienst mußte wohl recht haben: ehe der dritte wieder draußen war, verstrich eine gute halbe Stunde, und inzwischen waren zwei weitere »Neue« hinzugekommen. Enrico empfand sich ihnen gegenüber als eindeutig erfahren und sachverständig, und sie blickten überdies mit der gleichen verstörten Miene um sich, die Enrico eine halbe Stunde zuvor auch gezeigt hatte.

Die Zeit verging langsam. Enrico spürte, wie sich sein Herzschlag unangenehm beschleunigte und seine Hände kalt und schweißig wurden. Es kam ihm vor, als warte er beim Zahnarzt oder habe ein Prüfung vor sich, und er dachte, jedes Warten sei unerfreulich, wer weiß, wieso, vielleicht weil die erfreulichen Ereignisse seltener sind als die ärgerlichen. Aber unerfreulich ist auch das Warten auf erfreuliche Ereignisse, weil es dich in Unruhe versetzt und weil du niemals so recht weißt, wen du vorfinden wirst, mit welcher Miene er dir entgegentritt und was du ihm sagen sollst; und außerdem, was auch immer dabei herauskommt, es ist stets Zeit, die nicht dir gehört, Zeit, die dir von dem Unbekannten jenseits der Wand gestohlen wird. Kurz, es ließ sich keine durchschnittliche Zeit für eine Unterredung bestimmen. Das Mädchen tauchte in unregelmäßigen Abständen auf, zwischen zwei Minuten (bei einem der Rentner) und drei viertel Stunden (bei einem der Studenten, einem sehr gut aussehenden Mann mit blondem Bart und einer Brille mit Metallgestell); als Enrico hineindurfte, war es schon gegen elf.

Er wurde in ein Arbeitszimmer von kühlem, prätentiösem Flair geführt; an den Wänden informelle Bilder sowie Fotos, die menschliche Gesichter darstellten, aber Enrico hatte keine Zeit, sie näher zu betrachten, weil ein Angestellter ihn aufforderte, vor dem Schreibtisch Platz zu nehmen. Es war ein junger Mann mit Bürstenhaarschnitt, braungebrannt, groß und athletisch; am Revers trug er ein Schild mit dem aufgeprägten Namen »Carlo Rovati«, und auf der Stirn stand ihm in deutlich lesbaren Druckbuchstaben geschrieben: »FERIEN IN SAVOYEN«.

»Sie haben sich auf unsere Anzeige im *Corriere della Sera* gemeldet«, informierte er ihn jovial. »Ich nehme an, Sie kennen uns nicht, aber Sie werden uns bald schon kennenlernen, ob wir uns nun einig werden oder nicht. Wir sind offensive Leute, die sofort auf den Kern der Sache kommen und keine langen Umstände machen. In unserer Anzeige war von einer leichten Arbeit mit guter Bezahlung die Rede; jetzt kann ich dazusagen, daß es sich um eine so leichte Arbeit handelt, daß man von Arbeit eigentlich gar nicht sprechen kann: es ist viel eher eine Bereitstellung, eine Konzession. Und was die Bezahlung betrifft, so urteilen Sie selbst.«

Rovati unterbrach sich für einen Augenblick, beobachtete Enrico mit professioneller Miene, wobei er ein Auge schloß und den Kopf zuerst nach links und dann nach rechts legte, dann fuhr er fort: »Sie würden sich wirklich gut eignen. Sie haben ein offenes, positives Gesicht, nicht häßlich und doch nicht gar zu regelmäßig: ein Gesicht, das man nicht so leicht vergißt. Wir könnten Ihnen bieten ...« Und hier nannte er eine Summe, die Enrico von seinem Stuhl auffahren ließ. Man muß wissen, daß dieser Enrico demnächst heiraten sollte, wenig Geld besaß und wenig verdiente und daß er einer jener Leute war, die nicht gern über ihre Verhältnisse leben. Rovati fuhr fort: »Sie werden es schon verstanden haben: es handelt sich um eine neue Methode der Promotion« (und hier wies er mit ungezwungen-eleganter Geste auf seine Stirn). »Wenn Sie akzeptieren, werden Sie zu nichts verpflichtet sein, was Ihr Verhalten, Ihre Entscheidungen und Ihre Meinungen angeht; ich beispielsweise war selbst noch nie in Savoyen, weder in den Ferien noch sonstwie, und ich habe auch keineswegs vor, dahin zu fahren. Wenn die Leute Bemerkungen machen, so antworten Sie darauf, was Sie wollen, meinetwegen auch im Widerspruch zu Ihrem Werbetext, oder Sie antworten gar nicht: kurz und gut, Sie verkaufen oder vermieten uns Ihre Stirn und nicht Ihre Seele.«

»Verkaufen oder vermieten?«

»Sie haben die Wahl: wir bieten Ihnen zwei Vertragsformen an. Die Summe, die ich Ihnen genannt habe, gilt für eine dreijährige Verpflichtung; Sie brauchen lediglich unser Grafisches Atelier unten im Erdgeschoß aufzusuchen, bekommen Ihre Aufschrift, gehen zur Kasse und nehmen den Scheck entgegen. Oder aber, falls Sie ein kürzeres, sagen wir, dreimonatiges Engagement vorziehen, dann ist die Prozedur dieselbe, aber es wird eine andere Tinte verwendet: sie verschwindet von selbst, in ungefähr drei Monaten, ohne Spuren zu hinterlassen. Bei dieser Variante ist die Vergütung selbstverständlich bedeutend geringer.«

»Und im ersten Fall hält die Tinte drei Jahre?«

»Nein, so kann man es nicht sagen. Unseren Chemikern ist es noch nicht gelungen, eine dermografische Tinte zu entwickeln, die genau drei Jahre hält und dann verschwindet, ohne vorher zu verblassen. Die Dreijahrestinte ist farbecht; nach Ablauf des dritten Jahres kommen Sie auf einen Sprung bei uns vorbei, unterziehen sich einem kurzen, absolut schmerzlosen Eingriff und haben wieder Ihr Gesicht wie früher; es sei denn natürlich, unser Auftraggeber und Sie werden sich einig, den Vertrag zu erneuern.«

Enrico war unschlüssig, nicht so sehr seinetwegen, sondern wegen Laura. Vier Millionen sind vier Millionen, aber was würde Laura dazu sagen?

»Sie müssen sich nicht hier auf der Stelle entscheiden«, warf Rovati ein, als ob er seine Gedanken gelesen hätte. »Gehen Sie nach Hause, überlegen Sie es sich, beraten Sie sich mit wem Sie wollen, und dann kommen Sie her und unterschreiben. Aber bitte innerhalb einer Woche: Sie können sich denken, wir müssen unsere Operationspläne genau erarbeiten.«

Enrico fühlte sich erleichtert. Er fragte: »Kann ich den Text auswählen?«

»Innerhalb gewisser Grenzen, ja: Wir geben Ihnen eine Liste mit fünf oder sechs Wahlmöglichkeiten, und Sie entscheiden. Aber es wird sich in jedem Fall nur um wenige Worte handeln, eventuell gekoppelt mit einem Warenzeichen.«

»Und ... das wüßte ich gern noch: Wäre ich der erste?«

»Sie meinen, der zweite«, erwiderte Rovati lächelnd und zeigte wieder auf seine eigene Stirn. »Aber nein, sie sind auch nicht der zweite. Allein in dieser Stadt haben wir bereits abgeschlossen ... warten Sie: ja, hier hab ich's, achtundachtzig Verträge; also haben Sie keine Angst, Sie werden nicht allein sein damit und werden auch gar nicht allzuviel erklären müssen. Nach unseren Vorausschätzungen wird die Stirnwerbung binnen eines Jahres zu einer prägenden Erscheinung in allen Städten werden, vielleicht sogar zu einem Zeichen von Originalität und persönlichem Prestige, wie das Abzeichen eines Klubs. Stellen Sie sich vor, in diesem Sommer haben wir in Cortina d'Ampezzo zweiundzwanzig Saisonverträge geschlossen, und dazu fünfzehn in Courmayeur, und zwar nur für Kost und Logis im Monat August!«

Zu Enricos Verwunderung zögerte Laura auch nicht eine Minute, und das verstörte ihn wiederum ein wenig. Sie war ein praktisches Mädchen und machte ihm klar, daß mit den vier Millionen das Wohnungsproblem gelöst wäre, aber nicht allein das, aus den vier konnten ja auch acht oder vielleicht sogar zehn Millionen werden, und dann ließe sich auch die Frage Möbel, Telefon, Kühlschrank, Waschmaschine und 850er Fiat auf die Reihe bringen. Wieso zehn? Na, das war doch klar! Sie würde sich auch eine Aufschrift verpassen lassen, und ein junges, gutaussehendes Paar mit zwei Werbetexten, die sich gegenseitig ergänzten, würde doch garantiert mehr bringen als die Summe für zwei Einzelstirnen: diese Leute würden das mühelos einsehen.

Enrico zeigte sich nicht sehr begeistert: erstens, weil er nicht selbst auf die Idee gekommen war; zweitens, weil er, auch wenn er darauf gekommen wäre, nicht gewagt hätte, es Laura vorzuschlagen; und drittens, weil drei Jahre schließlich eine lange Zeit sind und ihm schien, daß eine Laura, markiert, wie man Kälber markiert, und noch dazu auf ihrer so sauberen, so reinen Stirn, nicht mehr dieselbe Laura sein würde wie zuvor. Doch er ließ sich überzeugen, und zwei Tage darauf begaben sich beide zusammen zu der Agentur und fragten nach Rovati; sie mußten ein bißchen feilschen, aber nicht allzu verbissen, Laura legte liebenswürdig und selbstsicher ihre Argumente dar, ihre Stirn mußte es Rovati gar zu sehr angetan haben, kurz und gut, es wurden neun Millionen. Was den Text anging, gab es keine große Auswahl: die einzige Firma, die ein Produkt anbot, das sich für eine Partnerwerbung eignete, war ein Kosmetikunternehmen. Enrico und Laura unterschrieben, empfingen den Scheck, bekamen einen Schein ausgehändigt und begaben sich nach unten ins Grafische Atelier. Ein Mädchen in weißem Kittel pinselte ihnen eine scharf riechende Flüssigkeit auf die Stirn, setzte sie einige Minuten dem blendenden blauen Licht einer Lampe aus und stempelte ihnen beiden dann, senkrecht über der Nasenwurzel, eine stilisierte Lilie auf; danach schrieb sie auf Lauras Stirn in eleganter Kursivschrift: »Lilywhite für Sie« und auf Enricos Stirn »Lilybrown für Ihn«.

Zwei Monate später heirateten sie, diese beiden Monate aber waren für Enrico eine recht schwere Zeit. Im Büro mußte er eine Menge Erklärungen abgeben, und ihm fiel nichts Besseres ein, als die reine Wahrheit zu sagen; genauer gesagt, fast die reine Wahrheit, denn er erwähnte nichts von Laura und schrieb sämtliche neun Millionen seiner eigenen Stirn zu. Die Summe verschwieg er nicht, weil er den Vorwurf fürchtete, er habe sich billig verkauft. Einige hießen sein Handeln gut, andere nicht; Sympathien schien er sich dadurch nicht zu erwerben, und das von seiner Stirn angepriesene Parfüm schien erst recht keine Aufmerksamkeit zu erwecken. In seinem Innern war er abwechselnd von gegensätzlichen Impulsen bedrängt: einmal wollte er allen Leuten die Adresse der Agentur weitersagen, damit er nicht allein blieb; dann wieder sie geheimhalten, um keine Werteinbuße zu erleiden. Seine Gefühle von Ratlosigkeit verminderten sich erheblich, als er ein paar Wochen darauf Molinari erblickte, wie immer ernst und konzentriert hinter seiner Zeichenmaschine, und auf seiner Stirn die Aufschrift »Gesunde Zähne mit Alnovol«.

Laura hatte oder machte sich weniger Probleme. Bei ihr zu Hause hatte niemand etwas einzuwenden gehabt, ja, ihre Mutter hatte sich sogar selber schleunigst bei der Agentur gemeldet, aber sie war abgelehnt worden, man hatte ihr offen gesagt, ihre Stirn sei für eine Verwertung zu runzlig. Laura besaß nur wenige Freundinnen, sie studierte nicht mehr und arbeitete noch nicht, und so fiel es ihr nicht schwer, den Leuten aus dem Weg zu gehen. Sie durchstreifte der Aussteuer und der Möbel wegen die Geschäfte und spürte, daß man sie ansah, aber niemand stellte ihr Fragen.

Sie beschlossen, die Hochzeitsreise mit Auto und Zelt zu machen, mieden dabei aber die regulären Campingplätze, und auch nach ihrer Rückkehr waren sie sich einig, daß sie sich so wenig wie möglich in der Öffentlichkeit zeigen wollten: was einem jungen Ehepaar, überdies damit beschäftigt, sich ein Heim einzurichten, nicht gar zu schwerfällt. Doch ihr Unbehagen schwand innerhalb weniger Monate fast ganz: Die Agentur mußte gute Arbeit geleistet haben, oder vielleicht hatten andere Agenturen es ihr nachgetan, jedenfalls war es keine Seltenheit mehr, daß man auf der Straße oder im Obus Menschen mit markierter Stirn begegnete. Zumeist waren es gutaussehende junge Männer oder Mädchen, viele offensichtlich Zugewanderte; auf ihrem Treppenaufgang trug ein anderes junges Paar, die Massafras, auf der Stirn den für beide Partner gleichlautenden Werbespruch für das Fernstudium an einer Gewerbeschule. Sie schlossen binnen kurzem mit ihnen Freundschaft und gingen öfters zu viert ins Kino und Sonntag abends zum Essen in die Trattoria; stets war für sie ein Tisch reserviert, immer derselbe, hinten rechts vom Eingang. Sie bemerkten bald, daß noch ein weiterer Tisch neben ihnen meist von gezeichneten Leuten besetzt war, und sie knüpften untereinander wie selbstverständlich Gespräche an und tauschten vertrauliche Einzelheiten aus über ihre Verträge, über frühere Erfahrungen, die Beziehungen zur Öffentlichkeit und ihre Zukunftspläne. Auch im Kino wählten sie möglichst die Plätze rechts vom Eingang, weil ihnen aufgefallen war, daß sich andere Gezeichnete, Männer und Frauen, vorzugsweise auf diese Plätze setzten.

Um November herum rechnete Enrico aus, daß einer von dreißig Bürgern eine Aufschrift auf der Stirn trug. Meist waren es Werbetexte wie bei ihnen, aber manchmal stieß man auch auf andersgeartete Appelle oder Bekenntnisse. In der Passage sahen sie eine elegante junge Frau, die auf der Stirn den Text »Johnson – Henker« trug; in der Via Larga verkündete ein Junge mit eingedrückter Boxernase »Ordnung = Zivilisation«; vor einer Verkehrsampel bemerkten sie am Lenkrad eines Minimorris einen Dreißigjährigen mit Koteletten, dessen Stirn »Wahlenthaltung!« forderte; im Obus der Linie 20 waren zwei hübsche Mädchen, Zwillinge, der Kindheit entwachsen, die »Hoch der FC Milan!« und »Zilioli nach vorn!« plakatierten. Am Ausgang eines Gymnasiums hatte sich eine ganze Schulklasse die Losung »Sullo go home!« aufgepinselt; und eines Abends begegneten sie im Nebel einer undefinierbaren Gestalt, auffällig und geschmacklos gekleidet, der Mann mochte betrunken sein oder unter Rauschgift stehen, und im Licht einer Straßenlaterne wurde seine Aufschrift sichtbar: »INNERE ANGST«. Jeden Tag konnte man auf der Straße Kindern begegnen, die auf der Stirn, mit einem Kugelschreiber hingekritzelt, irgendwelche »Es lebe!« und »Nieder mit!«, Flüche und Schimpfworte spazierenführten.

Enrico und Laura fühlten sich somit weniger allein, ja sie begannen sogar Stolz zu empfinden, weil sie sich gewissermaßen wie Pioniere und Stammväter vorkamen; sie hatten auch erfahren, daß die Preise der Agenturen ins Bodenlose gestürzt waren. In den Kreisen der Altgezeichneten kursierte das Gerücht, für eine normale Aufschrift, einzeilig und auf drei Jahre, würden jetzt nicht mehr als 300 000 Lire geboten, und für einen Text bis zu dreißig Wörtern plus Firmenzeichen auch nur das Doppelte. Im Februar erhielten sie als Freiexemplar die erste Nummer des *Magazins der Stirnbotschafter*. Man begriff nicht recht, wer es herausgab; natürlich war es zu drei Vierteln vollgepfropft mit Werbung, und auch das verbleibende Viertel war verdächtig. Ein Restaurant, ein Campingplatz und verschiedene Geschäfte boten den Stirnwerbern bescheidene Preisnachlässe an; die Existenz eines Klubs in einem Vorortsträßchen wurde vermeldet, die Stirnbotschafter wurden eingeladen, ihre Kapelle, geweiht dem heiligen Sebastian, zu besuchen. Enrico und Laura gingen eines Sonntagvormittags dorthin, aus Neugier: Hinter dem Altar hing ein großes Plastik-Kruzifix, und dem Christus war das INRI auf die Stirn statt auf die Schriftrolle geprägt worden.

Kurz vor Ende des dritten Jahres der Laufzeit stellte Laura fest, daß sie ein Kind erwartete, und sie freute sich darüber, obwohl sie sich nach den kürzlichen Steigerungen der Lebenshaltungskosten nicht gerade in einer glänzenden finanziellen Lage befanden. Sie gingen zu Rovati, um ihm eine Erneuerung des Vertrages vorzuschlagen, aber sie fanden ihn weitaus weniger jovial vor als seinerzeit: Er bot ihnen eine lächerliche Summe für einen langen und zweideutigen Text an, in dem gewisse dänische Filmstreifen angepriesen wurden. Sie lehnten ab, einhellig, und stiegen hinab ins Grafische Atelier, um ihre Schrift löschen zu lassen; doch Lauras Stirn blieb danach, trotz der Zusicherung des Mädchens im weißen Kittel, uneben, körnig, wie nach einer Verbrühung, und außerdem war, wenn man genau hinschaute, die stilisierte Lilie noch zu erkennen, so wie an manchen Häusermauern in ländlichen Gegenden noch die Inschriften der Faschisten durchscheinen.

Das Kind kam termingemäß zur Welt, und alles verlief glatt: es war kräftig und hübsch, doch auf der Stirn trug es unerklärlicherweise die Aufschrift »BABYNAHRUNG CAVICCHIOLI«. Sie nahmen es in die Agentur mit, und Rovati erklärte ihnen, nachdem er die notwendigen Erkundigungen eingezogen hatte, eine solche Firma sei in keinem Handelsregister verzeichnet und bei der Handelskammer unbekannt: deswegen konnte er ihnen dafür rein gar nichts anbieten, nicht einmal eine Entschädigung. Immerhin stellte er ihnen einen Gutschein für das Grafische Atelier aus, damit sie die Aufschrift bei dem Kleinen gratis entfernen lassen konnten.

Inhalt

Primo Levi
im Carl Hanser Verlag

Wann, wenn nicht jetzt?
Aus dem Italienischen von Barbara Kleiner
1986. 384 Seiten

Das periodische System
Mit einem Nachwort von Natalia Ginzburg
Aus dem Italienischen von Edith Plackmeyer
1987. 252 Seiten

Der Freund des Menschen
Erzählungen
HANSERS BIBLIOTHEK DER ERZÄHLER
Aus dem Italienischen von Heinz Riedt
und Barbara Kleiner
1989. 248 Seiten

Ist das ein Mensch?
Die Atempause
Aus dem Italienischen von Heinz Riedt,
Barbara und Robert Picht
1988. Neuausgabe 1991. 360 Seiten

Die Untergegangenen und die Geretteten
Aus dem Italienischen von Moshe Kahn
1986. 211 Seiten

Der Ringschlüssel
Roman
Aus dem Italienischen von Barbara Kleiner
1992. 208 Seiten

Statt der wirklichen Geschichte entwirft *Der Ringschlüssel* eine mögliche – das Gegenbild zu einer Vergangenheit, die in Primo Levis Augen nicht vergehen wollte. Und der ohnmächtige Zeuge des eigenen Schicksals, als den man den Autor kennt, verwandelt sich auf einmal in einen irritierend fröhlichen Erfinder. Nirgends gibt er sich heiterer und verliebter in abenteuerliche Anekdoten, nirgendwo umtänzelt er sein Stilideal wie hier, nirgends erzählt er so drauflos. Nicht eine Spur der Strenge, die selbst seine nichtautobiographischen Bücher wie den Partisanenroman *Wann, wenn nicht jetzt?* oder seine Erzählungsbände prägt, und vor allem: kein Wort über das Lager. Hinter den piemontesischen Plaudereien des weltreisenden Monteurs Libertino Faussone würde der ahnungslose Leser niemals die Stimme eines Mannes vermuten, der zwischen Februar 1944 und der Befreiung durch die Alliierten in Auschwitz-Monowitz gefangen war. *Die Zeit*

Der Berichterstatter, Chemiker und Schriftsteller wie Levi, überläßt seinem Freund, dem Monteur Libertino Faussone, die erzählerische Initiative. Dem, einem Erzähler aus Leidenschaft, muß man freilich die Geschichten entlocken. Das schwierig-schöne Hin und Her der Diskurse gehört zum Reiz dieser Männerfreundschaft und damit des Buches.
FAZ